사랑은
여전히
사랑이어서

사랑은
여전히
사랑이어서

지은이 | 윤정희
초판 발행 | 2016. 10. 24
6쇄 발행 | 2019. 5. 28.
등록번호 | 제1988-000080호
등록된 곳 | 서울특별시 용산구 서빙고로65길 38
발행처 | 사단법인 두란노서원
영업부 | 2078-3352   FAX | 080-749-3705
출판부 | 2078-3331

책 값은 뒤표지에 있습니다.
ISBN 978-89-531-2675-6   03810

독자의 의견을 기다립니다.
tpress@duranno.com   www.duranno.com

두란노서원은 바울 사도가 3차 전도 여행 때 에베소에서 성령 받은 제자들을 따로 세워 하나님의 말씀으로 양육하던 장소입니다. 사도행전 19장 8-20절의 정신에 따라 첫째 목회자를 돕는 사역과 평신도를 훈련시키는 사역, 둘째 세계선교(TIM)와 문서선교(단행본·잡지) 사역, 셋째 예수문화 및 경배와 찬양 사역, 그리고 가정·상담 사역 등을 감당하고 있습니다. 1980년 12월 22일에 창립된 두란노서원은 주님 오실 때까지 이 사역들을 계속할 것입니다.

행복이네 열두 가족
가슴 뭉클 희망 이야기

사랑은 여전히 사랑이어서

윤정희 지음

두란노

Part 1

사랑은 가르치는 게 아니라
그냥 하는 거야

Part 2

고난으로 배운
역설의 은혜

Part 3

사랑한 것 외엔
아무것도 없다

Part 4

살아가는 이 순간이
감사

윤정희 사모님은 사랑이 무엇인지 가장 감동적으로 보여주는 분입니다. 열 명의 자녀를 마음으로 낳고 기르는 삶을 통해 하나님의 사랑을 보여 주고 계십니다. 사모님의 솔직하고 담대한 고백들은 하나님 앞에서 꾸밈없는 영혼이기에 가능한 언어입니다. 세상에 사랑이 메말랐다 외치며 삶을 지옥으로 여기는 수많은 사람들이 반드시 읽어야 할 책입니다. 사랑은 아직 메마르지 않았으며 사랑은 여전히 사랑임을 깨닫고 눈물 흘리게 될 것입니다.

_이재훈(온누리교회 담임목사)

김상훈 목사와 윤정희 사모를 알게 된 건 《사랑은 여전히 사랑이어서》를 읽고 난 뒤였습니다. 이렇게 하나님의 사랑을 실천하며 열심히 사는 가정이 있다는 사실에 너무 감사했습니다. 부부가 나란히 신장을 기증하더니 병원 사역을 하고 싶다는 소식을 접하고 두 번 생각도 않고 바로 강릉 아산병원에서 사역할 수 있도록 도왔습니다.

6년 전부터 강릉에서 지내고 있는 이들 부부를 지켜본 저의 결론은 이들이야말로 오로지 사랑과 믿음으로 섬기는 예수님의 제자된 삶의 표본이라는 것입니다.

제게 큰 감동과 도전을 준 윤정희 사모의《사랑은 여전히 사랑이어서》를 강력하게 추천합니다. 힘없고 소외된 아이들을 사랑하고 섬기는 이들 부부의 열정이 영성을 잃은 현대를 살아가는 우리에게 나침반이 되어 줄 것입니다.

_이철(강릉중앙감리교회 담임목사)

윤정희 전도사님의 《사랑은 여전히 사랑이어서》가 절판되어 더 이상 서점에서 만날 수 없다는 소식을 듣고 매우 안타깝게 여기고 있었습니다. 그런데 그 책이 두란노를 통해 다시 세상에 나온다는 소식을 듣고 너무 반갑고 기뻐서 이렇게 짧게나마 축하의 메시지를 전합니다.

우리 가정과 가족같이 지내는 윤정희 전도사와 김상훈 목사 부부를 만난 것은 한사랑교회에서였습니다. 당시 윤정희 전도사는 교회학교 전도사였고 김상훈 목사는 신학대학원을 다니고 있었죠. 대예배 찬양을 인도하다가 한참을 울던 김상훈 목사의 모습이 어제 일처럼 선합니다. 하선이가 아파서 사경을 헤매고 있을 때였습니다.

요즘 자녀를 학대해서 죽이고 가정폭력으로 무너지는 가정들을 접하면서 이들 부부의 가정이야말로 세상에 빛을 던지는 소망이요 희망이라는 생각을 합니다. 이 책을 통해 천국 가정을 경험하시길 소망합니다.

_최병선(대전 한사랑감리교회 담임목사)

단 한 번뿐인 인생이니 누구나 잘살고 싶어 합니다. 크리스천에게 잘사는 것이란 곧 하나님 사랑, 사람 사랑입니다. 하나님은 우리가 사람 사랑을 실천할 때 그것을 보시고 '나를 사랑하는구나' 하신다고 했습니다. 그러나 우리가 연약해서 그 사랑을 실천하기가 어렵다는 것을 우리는 잘 알고 있습니다.

그런데 하나님 사랑에 푹 빠져서 그 누구보다 따뜻하고 열정적으로 하나님을 사랑하고 가족을 사랑하고 이웃을 사랑하는 부부가 있습니다. 내가 만난 사람들 중에 가장 이웃을 따뜻하게 섬기는 부부, 바로 김상훈 목사님과 윤정희 사모님 부부입니다.

윤정희 사모님은 남편 김상훈 목사님을 우주에서 가장 멋진 남편이라고 소개합니다. 그리고 가슴으로 낳은 열 명의 아이들과 이룩한 가정을 천국 가정이라고 자랑합니다. 이때 사모님의 표정은 세상을 다 가진 행복한 얼굴입니다.

열 명의 아이들은 육체적 혹은 심리적으로 아프지 않은 아이가 없었습니다. 또 열 명의 아이 모두와 한 가족이 되기 위해 진통을 겪어야 했습니다. 그럼에도 부부는 아이들을 하나님이 보내 주신 천사요 선물이라고 감격에 차서 말합니다. 이 가정을 보며 하나님이 얼마나 흐뭇해하실까 상상이 됩니다.

폐질환으로 호흡조차 어려웠던 작은딸이 건강한 대학생이 되었고, 퇴행성 발달장애로 지능이 64였던 아들이 아이큐 137의 수재로 자랐으며, 안짱다리라 정상적인 성장이 힘들 거라 진단받았던 아들이 지금은 쇼트트랙 강원도 대표선수가 되었습니다. 사랑의 행전이 아닐 수 없습니다.

부부는 주말이면 반찬을 만들어서 아이들과 함께 독거노인을 찾아가 섬깁니다. 아이들에게 삶으로 이웃 사랑을 가르치고 있는 것입니다. 이 가정에선 맑디맑은 사랑의 샘이 끊임없이 솟아나서 밖으로 흘러넘치지 않을 수가 없습니다. 더 많은 사람들이 이 책의 독자가 되어 이들이 흘려보내는 생수를 공급받아 보다 따뜻한 세상을 만들어 가기를 기도합니다.

_고문희(강릉중앙감리교회 장로)

몇 년을 입었는지 티셔츠는 목이 늘어졌고 색도 바랐으며 바지는 언제나 검정색이 아니면 청바지였습니다. 머리 스타일은 처음이나 몇 년이 흐른 지금이나 매한가지이고요. 그런 그녀에게 여성스러움을 찾으려면 한참 실눈을 뜨고 머리에서부터 발끝까지 샅샅이 뒤져 보아야 합니다.

이랜드복지재단의 현장간사로서 대전 간담회 때 그녀를 처음 만났습니다. 환한 웃음을 빼고는 누추하기 짝이 없는 그녀가 자기 차례가 되어 말을 하는데, '생동한다'란 바로 이를 두고 하는 말임을 알았습니다. 그리고 그녀에게 '여성스러움'은 없지만 입만 열면 행복한 비명이 나온다는 사실도 알았습니다. 사도 바울이 '예수' 말고는 모든 것을 분토와 같이 여겼듯이, 그녀는 마음으로 낳은 그 많은 자식들 외에는 모든 것을 분토로 여겨 버렸음을, 그래서 우주 최강의 엄마가 되었음을 알았습니다.

민들레 홀씨되어 사방팔방으로 영향력의 씨를 뿌려 나갈《사랑은 여전히 사랑이어서》의 추천사를 감히 부족한 제가 쓰게 된 것을 영광으로 생각합니다. 내 인생의 멘토 윤정희 사모님의 삶을 담은 이 책이 독자 여러분의 가슴에 빛나는 별로 박힐 것을 알기에 축하의 글을 남깁니다.

_서정숙(목포 우리집그룹홈 원장)

하나님의 은혜인 '하은', 하나님의 선물인 '하선', 하나님의 백성인 '하민' 그리고 세 딸을 가슴으로 품기까지 눈물과 기도로 아픔을 녹여 낸 엄마의 사랑에 감동받아 동생들을 데려오라는 딸의 제안에 다시 품은 아들들. 하나님이 가장 사랑한 제자 '요한', 이 세상을 향하신 하나님의 '사랑', 그 사랑을 따스하게 품은 '햇살', 하루 세 번 기도로 신앙의 절개를 지킨 '다니엘', 온 가족이 '한결' 같은 믿음으로 일심동체 '하나'되어 선천적 장애와 후천적 상처를 이기고 '행복'하게 성장해 가도록 돕는 윤정희 사모님의 생생한 가족 이야기는 무너지는 가정, 버려지는 아이들이 넘쳐 나는 이 세상을 향한 하나님의 메시지입니다. 일찌감치 장애우들의 엄마로 살겠다고 서원한 후 늦깎이로 목회자가 된 김상훈 목사님과 가정을 이룬 윤정희 사모님. 그녀는 하나님이 허락해 주신 열 명의 입양아를 가슴에 품으며 좌충우돌 상처를 치유하고, 동분서주로 달란트를 찾아 주며, 10인 10색의 꿈을 심어 주는 데 자신의 모든 걸 던졌습니다. 자신도 하나님의 입양아라고 말하는 윤정희 사모가 꼽는 최고의 행복은 하루 24시간 아이들을 성경의 진리대로 바로 세우는 일입니다. 나는 하나님이 예비하신 길을 향해 성장하는 열 명의 십자군병을 6년째 지켜보고 있습니다. 그것은 매일 기적을 보는 것과 같기에 내겐 축복이고 은혜입니다. 윤정희 사모의 가정은 이 땅의 소외받고 상처받은 아이들을 품는 천국 가정의 모범입니다. 그리고 이 책은 세상을 지극히 사랑하시는 하나님의 마음을 알기에 이 땅에 하나님 나라 심기를 사모하는 사람들에게 그 길을 안내하는 참고서가 될 것입니다.

_정금자(강원도삼척교육지원청 교육장)

윤정희 사모님은 제가 몸담고 있는 강릉 영동대학교 호텔조리학과에 대졸자 전형으로 입학하셨습니다. 늦은 나이인데도 현재에 안주하지 않고 다시 대학에 입학해 학업에 열중하는 모습은 젊은 학생들에게 많은 도전이 되었습니다.

지각과 결석은 물론 조퇴 한 번 없이 열심히 공부했고, 무엇보다 요리 실습을 할 때 너무너무 좋아하고 즐거워했습니다. 한마디로 성실한 학생이었습니다. 그뿐 아니라 리포터를 잘 못 쓰는 학생들을 도와주고 시험 문제를 정리해서 과 학생 모두에게 나누어 주는 등 과에서는 그냥 엄마였습니다.

왜 다시 대학에 왔느냐고 물었을 때 그분의 대답은 저를 부끄럽게도 했지만 그런 분을 가르치는 것에 감사하게도 했습니다. 요리를 제대로 배워서 집밥이 먹고 싶은 독거 어른신들께 대접하고 싶은 것이 첫째 이유이고, 방황하는 십대 청소년들에게 엄마 냄새 나는 음식을 해주고 싶은 것이 둘째 이유라고 대답했기 때문입니다.

윤정희 사모님의 삶을 담은 《사랑은 여전히 사랑이어서》를 읽고 나면 저처럼 그분을 안다는 사실만으로도 감사하게 될 것입니다.

_황재희(강릉 영동대학교 호텔조리학과 교수)

엄마를 나누는 행복

오늘 하루도 어떻게 지나갔는지 모를 정도로 바빴습니다. 여름이 너무 긴 것 같아 가을이 오기는 할까 하며 계속 기다렸는데 그새 나무들이 색색으로 옷을 갈아입고 있는 걸 봅니다. 교회 앞 도로를 하루가 다르게 총천연색으로 수놓는 가로수를 보면서 유난히 더운 여름이 가고 있음을 느낍니다.

돌아보면 내 삶은 과연 역전 드라마라는 생각이 듭니다. 내 젊음, 내 마음, 내 슬픔, 내 욕심을 하나하나 내려놓을 때마다 훨씬 더 큰 기쁨과 행복이 찾아왔으니까요.

내 젊음을 포기하고 장애아들과 함께 지낼 때 보석 같은 남자, 김상훈을 만났습니다. 네 번의 유산을 거듭하며 아파할 때 샛별 같은 하은이와 하선이를 만났습니다. 세상에 태어나서 내가 잘한 게 있다면 김상훈 목사와 결혼한 것, 그리고 우리 애들의 엄마가 된 거랍니다.

그런데 여기까지는 1부에 불과합니다. 남편이 잘나가던 건설업을 그만두고 신학을 공부하고 목회를 시작하면서 내 삶은, 아니 우리 가정은 또 다른 역전 드라마를 쓰기 시작했습니다.

목회는 쉬운 일이 아니었습니다. 교인들의 마음을 움직이는 것도, 누군가를 전도하는 것도, 지역을 섬기는 것도, 무엇 하나 우리 뜻대로 되지 않았습니다. 우리에게 남은 물질도 별로 없었습니다. 그 가장 낮은 자리에 있을 때 하민이를 만났습니다. 인간적인 걱정을 버리고 우리는 하민이의 엄마 아빠가 되었습니다.

그때부터였지요. 이 지상에서 누릴 수 있는 인간적인 기쁨, 그 이상을 경험하게 된 것이. 남이 맛보지 못한 천국이 바로 내 삶에 들어왔습니다. 나는 가진 것 없지만 두려울 것 없는 엄마가 되어 갔습니다. 물론 아이들과 적응하는 시간은 서로에게 힘든 과정이었습니다. 특히 하은이와 하선이에게 입양 사실을 알려야 할 때는 정말 끔찍하게 괴로웠습니다. 다 큰 어른인 내가 그러한데, 그 어린 것들 마음은 오죽했을까요.

눈물과 기도만이 우리 마음을 어루만져 주었습니다. 그 힘은 정말 컸습니다. 그 뒤 아이들이 먼저 동생을 데려오자고 했습니다. 더 많은 동생들에게 '엄마'를 나눠 주고 싶다고 했습니다. 엄마라면 그렇게 할 수 있을 거라고 격려까지 해주었습니다. 내가 뭐라고 그렇게 큰 영광의 관을 씌우는지….

그 뒤 우리 집은 시끌벅적 웃음과 울음이 떠날 틈이 없습니다. 하민이 아래로 요한, 사랑, 햇살, 다니엘, 한결, 하나, 행복 아들 일곱이 더 찾아왔거든요. 애들 아파서 응급실 가고 수술실 들여보낼 때마다 마음이 시커멓게 타들어 가지만 또 말갛게 웃는 얼굴을 보면 바보같이 웃고, 그러다 보니 애들이 쑥쑥 자라고 있습니다.

하은이는 벌써 대학생입니다. 맏딸 노릇을 얼마나 잘하는지 고맙기만 합니다. 하선이는, 어릴 적 생사를 넘나들던 그 하선이는 밝고 명랑한 아이로 자라 아빠는 영혼을 치유하는 목사가 되고 자기는 사람의 육신을 치유하는 간호사가 될 거라더니 간호학과에 입학했습니다.

벌써 열다섯 살인 하민이도 제법 누나 티가 납니다. 아들 녀석 일곱은 우르르 몰려다니며 어찌나 시끄러운지 모릅니다. 아빠 목욕탕 갈 때 그 뒤로 쫄쫄쫄 일곱 명의 아이들이 순서대로 나가는 걸 보면 얼마나 사랑스럽고 이쁜지 웃다가 울기도 합니다. 아빠랑 자전거 타러 갈 때면 세상을 다 가진 듯한 표정들입니다.

20년 사이, 이렇게 열 명의 아이들의 엄마가 되었습니다. 그동안 탈도 많고 일도 많았지만 다행히 애들이 알아서 잘 크고 있습니다. 내가 애들한테 해주는 거라고는, 만날 안아 주고 보듬어 주고 같이 웃고 기도하는 것입니다. 싸우고 화내다가도 미안하다며 풉니다. 내 특기가 툭 건드리면 까르르 웃다가 또 펑펑 우는 거거든요.

아이들은 자라면서 고민과 갈등도 많이 할 테고, 또 언젠가는 내 품을 훌쩍 떠나겠지요. 때로 내가 잘 키울 수 있을까, 마음이 무거워질 때도 있지만 지금까지 잘 자랐으니 내일도 모레도 하나님이 책임져 주시리라 믿습니다. 그래서 그 시간이 두렵지 않습니다. 오히려 모든 가족이 겪는 그 자연스러운 과정을 우리 가족이 함께 겪을 수 있다는 게 고맙습니다.

어제는 가족 모두가 사진을 찍었습니다. 나랑 김 목사랑 우리 아이들 모두 한 자리에 모이니까 사진이 꽉 찹니다. 정말 애들 사진만 보고 있어도 배불러서 혼자 중얼거렸습니다.

'윤정희! 너 정말 엄마구나! 너, 엄마 맞다. 엄마 맞아! 장하다!'

내가 나한테 상주고 머리 쓰다듬어 주며 격려합니다. 애들은 만날 나한테 '폭력 엄마'라고 놀리는데 나 혼자 '천사 엄마'라고 착각하면서 삽니다.

하선이가 학교에서 '입양아'라고 놀림을 당한 날, 친구들에게 이렇게 말했답니다.

"그래서 너희는 너네한테 목숨 거는 엄마 있어?"

그 이야기를 듣고 "잘했다"고 말해 주는데 부끄럽게도 가슴이 터질 듯 기뻐서 눈물이 났습니다. 나와 김 목사가 신장을 기증해서 그렇게 말했나 봅니다. 신장 기증은 하선이가 기적적으로 살아났을 때 결심한 것이었습니다. 부부는 일심동체라고, 내가 했으니 김 목사도 하게 되었습니다. 사랑도 나눔도 생명력이 있어서 자꾸 전염되는 것 같습니다. 이제 하은이도 컸다고 용돈 아껴 모은 전 재산을 덥석 이웃에게 내어놓곤 합니다. 죽어 가던 하선이는 건강해져서 자신의 역할을 충실히 감당하네요.

신생아를 키워 보고 싶단 소망을 행복이를 통해 이루기도 했고요. 아이들을 키우면서 소망하고 꿈꾸던 것들이 하나하나 이뤄지는 기적도 체험하게 되었습니다.

그런데 사실 예쁜 딸이 또 하나 있으면 좋겠다 싶을 때가 있습니다. 일곱 명의 아들들을 키우다 보니 제 자신이 마치 전사 같다는 생각이 듭니다. 이러다 촉촉한 정서가 다 메말라 버리는 건 아닌지 걱정이 됩니다.

남자아이들은 여자아이들과는 확실히 다릅니다. 목소리 톤도 높아지고 "이놈아, 저놈아"가 입에서 떠나지 않을 정도로 거칠어지거든요. 그래서 예쁘고 작고 귀여운 여자아이를 품에 안고 소리도 지르지 않고, "이놈, 저놈"이란 말도 하지 않고 그저 예쁘게 키우고 싶단 생각이 듭니다.

열 명의 아이들이 하나같이 소중하고 귀한 내 새끼지만, 누군가 또 내게 "엄마!" 하고 부르고 싶어 하면 나는 그 아이의 엄마가 되어 주고 싶습니다. 또 사랑하고 보듬고 껴안고 씻기고 먹이고 재우고 싶습니다. 아무리 그렇게 해도 팔도 안 아프고 피곤하지도 않을 것 같습니다.

참 바보 같지요? 사람들은 내게 속도 없다, 바보 같다고 말합니다. 하지만 엄마가 있어서 내 삶이 든든했듯이, 모든 아이들에겐 엄마가 필요합니다. 그래서 하나님은 '입양'이라는 판타스틱한 아이디어로 모자란 부분을 채워 주신 게 아닐까 합니다.

내가 사랑받은 만큼, 내가 귀하게 자란 만큼, 나도 우리 아이들을 그렇게 키우고 싶습니다. 이러다가도 내일이 되면 또 지지고 볶고 싸우다 김 목사한테 너무 힘들다고 징징댈 테지만요. 이렇게 하루하루 가족과 함께 살아가는 것이 기적 같습니다. 힘드니까 포기하고, 맘에 안 든다고 외면하는 거, 나 그런 거 할 줄 모릅니다. 머리가 나쁘고 게을러서요. 그냥 한 번 엄마가 되었으니 계속 바보처럼 웃으면서 애들이랑 살려고요.

내가 아는 것은 단 하나, 사랑은 또 다른 사랑을 낳는다는 것입니다. 내 성질이 못돼도, 내 건강과 형편이 나빠지고 내 손에 쥐고 있는 것 하나 없어도…. 우리 가운데 사랑이 있어서, 하나님의 사랑과 서로를 향한 사랑이 있어서 나는 행복합니다. 내일이 어떠하든 사랑은 여전히 사랑이어서 우리는 더없이 행복합니다.

시끄럽기로
소문난
사랑스런
우리 가족

글. 김하은

김상훈⋯아빠

1960년생. 나와 동생들의 영원한 영웅 김상훈! 난 '아빠'라는 호칭
보다 이렇게 이름 부르는 게 더 좋다. "김상훈! 나랑 좀 놀아 줘", "김
상훈! 나랑 산책 나가 줘." 그러면 다정한 아빠는 "네, 우리 큰딸" 하
면서 다 들어준다. 엄마한테도 내 동생들한테도 꼼짝 못하는 젠틀
파파다. 아빠는 그걸 '사랑'이라고 말한다. 정말 많이많이 사랑하면
뭐든 다 들어주고 싶단다. 사람들이 나한테 "너는 세상에서 누굴 가
장 존경하니?" 하고 물어보면 나는 주저하지 않고 이렇게 대답한다.
"우리 아빠요." 우리 아빠는 나에게 우주다. 내가 알지 못하는 세계
를 알려 주는 우주와 같은 분이 내 아빠다.

아빠

엄마

하은

윤정희 ⋯▶엄마

1965년생. 국민 천사로 알려진 울 엄마 윤정희! 우리한테는 소리소리 지르다가도 전화만 오면 바로 상냥하게 "여보세요~" 하고 목소리가 바뀌는 여우 엄마다, 히히. 시험 전날에도 나와 동생들을 데리고 영화 보러 가는 우리 엄마, 우리가 정말 하고 싶은 것을 하라고 도전해 주는 우리 엄마, 우리를 자랑스러워하는 우리 엄마! 엄청난 사랑 에너자이저다. 난 우리 엄마를 자랑스러워하고 정말 사랑한다. 예수님 다음으로 사랑의 완결판이 우리 엄마란 생각을 크면서 하게 되었다.

김하은⋯▶첫째 딸

1998년생. 나 김하은은 해만 떨어지면 아빠 품에서 나오지 않아 '야간 또라이'라 불린다. 하지만 엄마 아빠를 잘 도와주고 동생들을 무진장 잘 보살피는 천사표다. 하하. 책 읽기와 글쓰기를 가장 좋아하고, 교회 유치부 예배 때 피아노 반주를 한다. 어려운 사람들의 친구가 되어 주는 걸 좋아한다. 그래서 봉사하는 시간이 참 행복하다. 중 2 때 미국 뉴저지 하나님의학교(NJUCA)에 전액 장학생으로 입학하여 3년간 미국에서 공부했다. 내 입에서 영어가 줄줄 나오는 게 너무너무 신기하고 감사해서 십대 시절을 하나님께 헌신하려고 중간에 집으로 돌아왔다. 십대 선교사가 되고 싶어서…. 난 하나님의 선교사다.

김하선…둘째 딸

1999년생. 가수 이효리를 닮았다는 말을 들을 정도로 얼굴이 예쁘지만, 여간해서는 집안일을 돕지 않는 '왕뺀질이'. 동생들 데려오자고 부추겨 놓고는 정작 돌보는 일은 내게 미룬다. 하지만 어디서나 당당하고 대찬, 결코 미워할 수 없는 든든한 동생이다. 어릴 적에 많이 아파서 엄마 아빠 마음을 아프게 했는데, 이제 정말 씩씩하고 건강해졌다. 간호사가 되어 동생들을 지원해 주고 엄마 아빠의 노후를 책임지겠다고 큰소리 빵빵 치는 하선이는 진짜 간호학과에 입학했다.

김하민…셋째 딸

2002년생. 고집은 세지만 마음 착한 '귀염둥이'. 하선이보다 동생들

하선

하민

요한

을 더 잘 돌봐서 날마다 칭찬받는 의젓한 동생이다. 눈 흘기는 모습도 정말 귀엽다. 처음 봤을 땐 얼굴도 조막만 하고 얼마나 예뻤는지 모른다. 지금도 변함없이 의젓하고 동생들 잘 챙겨 주고 언니인 나보다 엄마를 더 잘 도와주는 정말 착한 동생이다. 수영하다 카누로 바꾸면서 증평에 가 있는데 한 번씩 올라오면 동생들에게 카누에 대해 설명을 잘해 주는 너무너무 이쁜 내 동생이다.

김요한···넷째 아들

2003년생. 잘생기고 성격 까칠한 '꽃미남'. 아토피 때문에 많이 울고 한글도 몰라 책도 늦게까지 읽지 못하던 내 동생 요한이가 내가 유학 가 있는 동안 대대적인 변신을 했다. 글도 잘 읽고 공부도 잘해 지금은 수재가 되었다. 이런 기적 같은 일이 어떻게 일어났는지 알 수 없지만 하여튼 일어났다. 뭐, 우리 집에서는 그냥 일어나는 일상

같은 거다. 당연한 일이라 생각해서 그런지 별로 놀라지도 않는다.

김사랑…›다섯째 아들

2004년생. 애교 작렬 눈웃음의 일인자 '마빡이'. 날마다 눈웃음치며 애교를 부리니 예뻐하지 않을 수 없는 '내 새끼'다. 히히. 다리가 조금 불편해서 처음에는 보조신발을 신었는데, 이제는 걷기도 하고 뛰기도 하고 가족과 함께 자전거 여행도 한다. 처음에 사랑이가 이렇게 잘 걸을 줄 모르고 훈련만 시키는 엄마가 쬐끔 무서웠는데 지금 사랑이의 모습을 보면서 우리 엄마가 대단하다는 생각이 든다. 사랑이는 지금 쇼트트랙 강원도 대표 선수다. 몸의 아픔을 이겨 낸 인간 승리가 내 동생 사랑이다. 사랑아, 사랑해. 이겨 줘서 고마워.

김햇살…›여섯째 아들

2004년생. 가리지 않고 잘 먹어 가장 튼실한 '뚱땡이'. 어느 멋진 날 하나님께서 크리스마스 선물로 햇살이를 보내 주셨다. 시간이 지난 지금도 햇살이는 변함없이 먹는 걸 좋아하고 우리 집 십남매 중 가장 튼튼하다. 아빠의 뒤를 이어 목사가 되고 싶다면서 요즘 기타를 열심히 배운다. 목사가 되면 기타를 잘 쳐야 한다고 생각하는 너무너무 귀여운 내 동생 햇살이. 기타 열심히 배워서 멋진 곡을 연주하는 날을 기대할게.

사랑

햇살

다니엘

김다니엘···›일곱째 아들

2004년생. 햇살이 데리러 늘사랑아동센터에 갔을 때 "나도 데려가
면 안 되요?" 하고 말하던 당찬 아이다. 서류상 입양이 안 된다는 말
을 차마 할 수 없었는데, 4년이 지난 뒤 부모의 친권 포기로 인해 아
홉 살에 드디어 우리 가족이 되었다. 내가 미국에 있는 동안 왔는데
방학이 되어 집에 왔을 때 유난히 날 따르던 눈이 작아 더욱 매력적
인 내 동생 다니엘이다.

김한결···›여덟째 아들

2005년생. 한결이도 다니엘처럼 아홉 살에 우리 집에 왔다. 한결이
가 집에 오는 걸 MBC 〈휴먼다큐 사랑〉 '붕어빵 가족'을 보면서 알
게 되었다. 입양되었다가 파양되고 다시 우리 집으로 올 때 얼마나
두려웠을까? 왜 그렇게 울었는지 마음이 전해져 한결이를 만나서

안아 주었다. "우리 집에 너무 잘 왔어. 누나가 더 많이 사랑해 줄게. 내 동생이 되어 주어 고마워, 사랑해, 한결아."

김하나···아홉째 아들

2010년생. 아홉째지만 제일 마지막으로 내 동생이 된 하나는 하민이처럼 고집도 세고 요한이처럼 까칠하고 말도 안 듣고 햇살이처럼 밤에 오줌 싸고··· 처음 만났을 때 내 동생들이 보이던 안 좋은 것들을 다 가지고 있던 동생이다. 지금은 막무가내로 고집도 안 부리고 대소변도 잘 가리고 까칠하지도 않고 잘 웃는 미소 천사가 되었다. 이렇게 동생들은 우리 집에 들어서기만 하면 달라진다. 하나는 외우기 어려운 긴 문장의 영어도 금방 외우고 성경 구절도 세 번만 읽으면 다 외운다. 아무래도 요한이의 뒤를 잇는 천재가 될 가능성이 큰 아이다.

김행복···열째 아들

2012년생. 행복이는 말이 필요 없는 내 자식이다. 행복이를 데리고 목욕탕에 가면 사람들이 모두 나와 행복이를 쳐다본다. 행복이는 엄마가 낳은 최고의 걸작품이다. 이렇게 이쁜 아이는 한국뿐만 아니라 미국에서도 본 적이 없다. 말도 잘하고 큰누나인 나를 은근 디스하지만 그래도 좋다. 행복이가 우리 집에서 내 동생으로 살고 있다는 것만으로도 나는 행복하다. 행복아, 사랑해. 누나는 행복이를

한결

하나

행복

정말정말 사랑해.

이제 우리 가족의 정신없는 이야기가 우리 엄마의 손에서 그려질 것이다. 난 우리 가족의 이야기를 읽는 게 참 좋다. 슬픔도, 아픔도, 기쁨도 엄마는 예수님의 사랑으로 모든 걸 아름답게 만드는 재주가 있다.

이 책을 얼마나 많은 사람들이 읽을지 나는 잘 모르겠다. 그렇지만 진짜 중요한 것은, 남들과 다른 삶을 살면서도 아주 평범하게 살고 있다고 말하는 우리 가족은 하나님이 만드신 지구상에 단 하나뿐인 가정이라는 것이다.

지구상에 단 하나뿐인 우리 가정 이야기를 이제부터 우리 엄마가 써 내려갈 것이다.

너무나도 이쁜 하은이는 이제 퇴장!

part 1

사랑은
가르치는 게 아니라
그냥 하는 거야

사랑은 가르치는 게 아니라 그냥 하는 거다

하다 보면 점점 커지는 게 바로 사랑이다

Chapter 1

당신을
만나
참 다행이다

그냥 막 울었어

어느 날, 다니엘이 한결이를 아주 심하게 때렸다는 말을 햇살이를 통해서 듣게 되었다. 형 말을 듣지 않는다는 이유로 발로 차기까지 했다는 것이다.

"엄마, 다니엘 이 새끼 들어오면 혼내 줘. 가만 두면 안 돼. 뭐 이런 놈이 다 있냐고!"

하선이가 흥분해서 말했다.

"하선아, 너 좀 가만있어. 엄마 심란하니깐."

나는 이 사태를 어떻게 수습할까 고심하는데 하선이는 이미 대책까지 세웠는지 자기한테 맡기라고 했다.

"잘해 주려고 데려온 거잖아. 다니엘이 왔을 때도 다들 잘해 줬 잖아. 근데 저는 왜 때리냐구! 이번엔 나한테 맡겨. 내가 다니엘 들어오면 데리고 나가서 혼내 줄 테니까."

"하선아, 어쩌려고…."

스케이트 연습을 갔던 다니엘과 사랑이, 한결이가 들어왔다.

"야! 김다니엘. 너 나 좀 보자."

순간 다니엘의 얼굴이 굳어지며 하선이를 따라 나갔다. 하선이 가 날 닮아 다혈질이라 무슨 일을 저지를지 몰라 걱정되었지만 일단 기도하며 기다려 보기로 했다.

두 시간쯤 지나서 하선이와 다니엘이 들어왔다.

"한결아, 형아가 미안해. 다시는 너 안 때릴게. 정말 미안해."

다니엘은 울면서 진심으로 한결이에게 사과했다.

"엄마, 이 시간 이후로 다니엘에게 아무 말도 하지 마. 이따 아 이들 자면 다 말해 줄게."

너무 궁금했지만 꾹 참고 아이들이 모두 잠들길 기다렸다. 식 탁에 하은, 하선이, 하은 아빠, 나까지 둘러앉아 하선이의 말을 기 다렸다.

"엄마, 아까 내가 진짜 화났던 거 알지?"

"그럼, 알지."

"아까는 다니엘을 아주 죽여 버릴 생각도 했어. 근데 다니엘 손 을 잡고 교회 주차장을 열 바퀴 돌았어. 아무 말 없이."

"아무 말도 없이?"

"하은 아빠 조용해 봐유. 하선이 말하잖아."

"엄마가 더 시끄러워. 그래서 하선아?"

하은이가 나를 말리며 몸을 하선이 쪽으로 기울였다.

"열 바퀴를 도는데 그냥 눈물이 막 나오는 거야. 그래서 다니엘 손을 잡고 막 울었어."

"……"

"그런데 엄마, 다니엘도 막 우는 거야. 그래서 둘이 한참을 울었어."

"……"

"한참을 울고 난 뒤에 다니엘을 보니까 다니엘도 상처가 많은 어린아이인 거야."

"그런 게 눈에 보이던?"

"응, 엄마. 다니엘의 아픔도 느껴져서 그냥 막 눈물만 나는 거야."

"그래서 두 시간 동안 울다만 왔어?"

"아니지, 좀 들어 봐."

"알았어."

"다니엘을 보는데 그동안 내가 동생들한테 잘해 주지 못한 것만 생각나서 누굴 혼내 줄 자격이 없단 생각이 드는 거야. 그래서 다니엘 손을 잡고 우리가 서로 잘해 줘야 한다는 말만 했어. 그랬더니 다니엘이 잘못했다고 막 우는 거야. 그래서 나도 또 막 울었어. 그게 끝이야."

"허 참. 우리 하선이가 아빠보다 낫구먼."

"하은 아빠, 그럼 우리 애들이 우리보다 훨씬 낫죠. 부모보다 자식들이 나아야지! 그럼 그렇고말고!"

다니엘이 한결이를 때렸다는 말을 들었을 때는 하늘이 무너지는 것처럼 깜깜했는데 하선이가 이렇게 슬기롭게 문제를 풀 줄이야! 그래서 자꾸 웃음이 난다. 너무 기특하고 고마워서 웃음이 난다. 우리는 이렇게 주님의 방법으로 서로 길들여져 가고 있다.

우리 집 열 아이 가운데 처음부터 무조건 행복하고 서로 잘 맞은 아이는 하나도 없다. 많은 시간 동안 노력하고, 이해하고, 마음 가득 아파하며, 부둥켜안고 우는 어려운 시간을 보내면서 아이들은 비로소 내 아이들이 되었고 나는 아이들의 엄마가 되었다. 내 잘못을, 내 부족한 모습을, 내 모난 부분을 깎고 다듬는 시간이었다.

방실방실 잘 웃지만 나는 아이들에게 때로 모진 말도 하고 신경질도 부리는 못된 엄마다. 여기까지 온 건 순전히 남편 덕이다. 하나님이 끝까지 나를 기다려 주고 사랑하시는 것처럼 남편도 내게 그랬다.

부부가 함께하면 어려움도 이길 수 있고 아픔도 반으로 지고 갈 수 있음을 알게 되었다. 하루하루 삶이 버거운 사람들이 우리 부부와 아이들을 보면서 조금은 힘을 내고, 내일을 생각하면서 용기를 잃지 않았으면 좋겠다고, 기도하는 마음으로 인터뷰에 응하고 신문에도 얼굴을 내밀었다. 사실 우리는 신문이나 방송에 얼굴을 내민 게 아니라 하나님께 보고드린 것이다.

"하나님! 저희들, 잘 살고 있어요. 더 열심히 살게요! 다 아버지가 가르쳐 주시는 대로 하고 있어요. 근데 다음은 뭐예요?"

우리 아이들이 아니었으면, 사랑하는 남편의 도움이 아니었으면 가능한 일이 아니었다. 큰소리치기 좋아하고 앞뒤 가리지 않고 생각나는 대로 행동하는 내가 할 수 있는 일이 아니었다. 나를 엄마라고 불러 주는 아이들과 아무리 구박해도 웃어 주는 남편이 있어 지금까지 살 수 있었다고 사람들 앞에서 말하고 싶었다. 그리고 사람들에게 보여 주고 싶었다. 사랑은 가르치는 게 아니라 그냥 하는 거라고, 그저 하다 보면 점점 커지는 게 사랑이라고.

남편을 만나기 전 '엄마' 흉내를 내던 때가 생각난다. 사랑이 무엇인지도 모르면서 세상을 다 사랑할 듯 큰소리치던 내 젊은 날, 아이들 말마따나 그때 남편 김상훈을 만난 게 참 다행이다. 까칠한 여선생과 키다리 아저씨가 만난 그 시절이 생각나 풋, 웃음이 나온다.

싱글맘 아닌 싱글맘으로 살다

싱글맘이라고 해도 틀린 말은 아닐 게다. 스무 살 철모르던 시절, 아이들에게 청춘을 바치겠다고 마음먹었으니. 어떻게 그토록 겁이 없었는지 모르지만, 지금이나 수십 년 전 그때나 나는 세상에 거칠 것이 없었다. 그래서였을까? 나는 사랑에 빠지고 싶은 마음도, 꽃길을 걸으며 데이트하고 싶은 생각도 없었다. 오로지 내 머릿속엔 와글와글 아이들뿐이었다.

무슨 품이 넓다고, 무슨 성격이 좋다고 평생 두 팔 벌려 아이들을 안고 살겠다고 배포를 부렸을까? 내 배 아파 아이들을 낳겠다는 것도 아니고, 어떻게 남의 아이들을 감히 사랑하겠다고 생각했을까?

그 마음이 얼마나 지독했는지 앞뒤 돌아보지 않고 시설을 찾아 나섰다. 그런 내 마음을 고스란히 받아 준 곳이 있었다. 충청남도 공주에 위치한 동곡요양원. 중증 장애아들을 위한 보호시설이었다. 그 시절, 나는 연애도 결혼도 아랑곳 않고 아이들 틈바구니에서 살았다. 돌아보면 그게 싱글맘이 아니고 무엇이었을까? 돌봄이 필요한 아이들을 위해, 눈만 뜨면 씻기고 먹이고 가르치는 일에 평생을 바치기로 작정하고 복지시설에서 청춘의 나날을 보냈다.

내가 이렇게 된 건 우리 엄마 때문인지도 모른다. 아니, 덕분이라고 해야 할까? 내 어린 시절, 엄마는 언제나 사람들을 집으로 불러와 대접하거나 동네 어르신들을 섬겼다. 곧은 의지와 남다른 배포를 지닌 엄마는 아예 동네 한쪽에 작은 공간을 마련하고 어르신들을 모셨다. 국수를 삶고 따순밥을 대접하고 하루 종일 심심한 어르신들에게 장구를 가르치셨다. 전후라 저마다 먹고사느라 정신없던 그 시절, 엄마는 나 배고플 때 다른 사람도 먹여라, 너무 많은 것을 움켜쥐지 말라며 주변 사람들을 부지런히 거두셨다.

엄마의 삶이 그랬으니, 나 역시 어려서부터 자연스럽게 봉사 활동을 다녔다. 중학생 때부터 '늘사랑아기집'에 가서 아이들을 돌보았는데, 이 아기집에서 내 인생의 많은 일들이 일어났다. 그렇게 나는 다른 사람들과 함께 나누는 것을 보고 느끼며 자랐다. 콩 한 쪽도 나눠 먹지 않는 사람이 외려 이상해 보일 정도였다. 사실, 먹어 본 사람은 안다. 나눠 먹어야 제맛이라는 걸.

동곡요양원 아이들에게 나는 엄마였고 그래서 행복했다.

한 사람 때문이었다. 헨리 나우웬(Henri Nouwen). 배울 만큼 배우고 누릴 만큼 누린 그가 일순간 모든 것을 뒤로하고 장애우들과 함께 남은 생을 보냈다. 그에게 영향을 받은 이가 어디 한둘일까? 나 또한 그로 인해 삶과 사랑과 참 믿음에 대해 돌아보게 되었다. 최고라 할 만한 위치에서 작고 소박한 자리로 삶의 중심을 옮긴 그에게 나는 그대로 흡수되었다. 다른 선택이 없었다. 바로 그러한 삶을 살고 싶었다. 내가 믿는 신과 함께 장애우들에게 가서 평생을 보내고 싶었다. 그리고 감히, 아무런 망설임 없이 그렇게 하겠다고 하나님 앞에 고백하고 약속했다.

하나님 앞에서는 머리를 조아리고 겸손해도 나는 배포 큰 엄마를 닮아 성격이 호탕했다. 흔히 말하는 '천상 여자'와는 거리가 좀 멀었다. 좋고 싫은 게 분명하다 보니 그 젊은 나이에도 어머니를 설득해 결국 허락을 받고 동곡요양원에 들어갔다.

거기서 나는 엄마였다. 제대로 걷지도 달리지도 못해서 기어다니거나 뒹굴거나 엎치락뒤치락거리는 아이들을 먹이고 씻겼다. 공부가 가능한 아이들을 가르치기도 했다. 아예 요양원에서 먹고 잤다. 3년이라는 시간을 싱글맘 아닌 싱글맘으로 살면서 바깥세상은 잊었다. 아니, 저절로 잊혔다.

결혼에는 도무지 관심이 없으니 주변 사람들이 나보다 더 안달을 했다. 생각해 보면 나를 아끼는 그들이 아니었다면 내 인생에 결혼은 없었을지도 모른다. 그러던 내게도 사건이 생겼다.

키다리 산타와 까칠한 여선생

아이들과 하루 종일 뒹굴며 지내던 어느 날, 나와 이름이 똑같은 친구 정희한테 모처럼 전화가 와서 만나러 나갔다. 간만에 수다나 실컷 떨다 와야겠다는 마음으로 나간 자리에 뜻밖의 손님이 있었다. 정희는 웬 남자와 함께였다. 적잖이 놀라긴 했지만 스스

럼없이 인사를 건넸다.

"안녕하세유?"

"네, 처음 뵙겠습니다."

당시 정희는 건설회사에 다녔는데, 그 회사 현장 소장이라고
했다. 나중에 들은 얘긴데, 그는 원래 내 친구 정희에게 관심이
있었다고 한다. 하지만 친구 정희와는 더 이상 발전이 안 되었고,
엉겁결에 나와 소개팅을 하게 되었다. 서로 하는 일이 달라서인
지 이야기가 꽤 길어졌다.

"장애아 시설이유? 그게 뭐예유? 처음 듣는 거라…."

내가 일하는 곳을 도무지 짐작하지 못하겠다는 듯 현장 소장은
다소 난감한 표정을 지었다. 하지만 영 관심이 없지는 않았는지
곧잘 이런저런 질문도 하며 이야기를 나누었다. 그때가 1991년
겨울이었다.

정희는 그 만남 이후 내게 그가 어때 보이느냐고 물었다. 소탈
하고 진중해 보인다고 느낀 대로 대답한 것 같다. 얼마 후 그로부
터 내가 일하는 곳을 방문해 보고 싶다고 연락이 왔다. 내가 조금
이라도 연애에 관심이 있었다면 가부간에 딱 잘라 말했을 텐데,
도통 관심이 없다 보니 주소지까지 가르쳐 주고 말았다.

그는 정말 내가 있는 시설까지 아이들을 보러 왔다. 우리 아이
들은 태어날 때부터 장애를 가지고 있는 데다 정도가 여간 심한
게 아니었다. 내 눈에는 지극히 자연스러워 보였지만, 그는 그런

장애아를 처음 보는 듯 당황하는 기색이 역력했다.

"정말 여기까지 오셨네요. 고마워요."

"한번 오고 싶었습니다. 그런데… 이게 무슨 냄새쥬…?"

범인은 바로 침 냄새였다. 입을 다물지 못하는 아이들이 흘린 침이 바닥에까지 흘러서 시설 전체에 그 냄새가 뱄던 것이다.

그러나 식당에서 일하는 사람이 어떻게 밥 냄새를 날마다 새록새록 느끼며 살까? 나 역시 아침에 눈떠서 잠들 때까지 아이들 곁을 떠나지 않으니 대체 무슨 냄새가 난다는 건지 이해할 수 없었다. 나는 아무렇지도 않은데 남자가 웬 까탈일까 싶었다.

그런 내 마음을 알아챘는지 냄새 운운하던 그는 어느새 아이들과 뒹굴며 놀기에 바빴다. 한번은 기타를 가지고 와서는 노래도 잘 부르지 못하는 아이들에게 실컷 노래를 들려주었다. 순진한 우리 아이들과 어울려 노는 모습을 보니 내 마음도 조금씩 열리기 시작했다. 언젠가는 아이들에게 주고 싶다며 양손 가득 간식을 들고 왔다. 아이들이 얼마나 좋아하던지, 180센티미터의 멀대같기만 하던 그가 그때만큼은 정말 귀엽게 느껴졌다. 키다리 산타 할아버지라도 된 것 같았다.

"아이들이 저한테 척척 안기니까 기분이 정말 묘하네유."

그저 투박한 줄만 알았는데, 시간이 흐를수록 부드러운 모습이 하나둘 보이기 시작했다. 건설 현장에서 인부들과 함께 거칠게 지낸 사람이다 보니 살가운 아이들의 애정 공세에 묘한 설렘을 느꼈나 보다. 그러는 한편 그는 내게 좀 더 적극적으로 다가오기 시작했다. 훗날 생각해 보면, 그때부터 그 안에 감춰진 '아빠' 본성이 살아나기 시작했는지도 모른다.

"내 지성과 미모에 반한 거지, 뭐."

나는 동료 선생님들에게 아무렇지도 않게 장난을 쳤다. 시큰둥한 나와 달리 한 후배 선생님이 그에게 홀딱 반해, 자기가 도전할 수 있게 내게 얼른 정리하라고 은근히 협박도 했다. 하지만 그의 마음은 꽤 진지했다. 만난 지 일주일도 채 안 되었을 때 그는 우리 엄마를 만나러 갔다. 헌데 그가 운전하는 모습을 본 엄마는 처음부터 보기 좋게 딱지를 놓았다.

"자네 안 되겠네. 조심성이 없어 내 딸 못 주겠어!"

그가 장남이라는 이유까지 덧붙여 엄마는 그를 매몰차게 반대했다. 그런데 얼마 지나지 않아 엄마의 태도가 180도 바뀌었다.

"정희야! 그놈 물건이다. 종자 받을 놈이야."

평소 호탕하고 대범하기로는 여장부라 할 만한 엄마 입에서 그에 대한 칭찬이 쏟아졌다. 내가 시설에 기거한 탓에 시내로 자주 나오지 못하자, 그는 데이트 상대를 엄마로 바꾼 것이다. 덩치에 어울리지 않게 어른들께 적잖이 곰살맞게 굴었는지 내가 모르는 사이 엄마와 그는 꽤 친해 있었다.

"상훈아! 상훈아!"

엄마는 늘 그 사람의 이름을 불렀다. 내가 집에 언제 오는지, 무엇을 좋아하는지, 내 스케줄이 어떻게 되는지 일일이 알려 주며 연애 코치를 했을 정도니, 장모 사랑은 그때부터 시작되었나 보다. 그도 떡하니 "어머니! 어머니!" 하며 장단을 맞추었다.

그런 모습을 보고 깜짝 놀란 것은 나였다. 나중에 겪어 보니, 그는 이 길이 맞다 싶으면 뒤도 돌아보지 않고 가는 성격이었다. 그런 점에서 그와 나는 꽤 닮았다. 그는 우리 집 문턱을 수시로 드나들었고 어느새 엄마의 '아들'이 되어 있었다.

그렇게 1년이 흘렀다. 나는 동곡요양원을 나와 결혼을 결심했다. 마음을 열고 아이들에게 진심으로 대하는 그를 보며 어느새 내 마음의 빗장도 풀렸고 그와 함께 한길을 걸어도 되겠다 싶었다. 하지만 내 태도가 불안했는지 어머니와 그는 진땀깨나 흘린 모양이었다. 결혼식 날 아침, 나는 웃지 못할 해프닝을 보고야 말았다. 결혼식은 오후 3시였는데, 이른 새벽부터 그가 우리 집으로 온 것이다.

"어서 오게. 아이고, 이제 바통 터치하세."

혹시 내가 도망이라도 갈까 봐 결혼식 전까지 엄마와 그가 내 방문 앞을 지키기로 한 것이었다. 정작 나는 결혼하기로 마음먹고 나서는 전혀 고민하지 않는데 두 사람은 이렇게 노심초사했다니, 내가 어지간히 속을 태운 모양이었다. 드레스 숍에서 몇 번이나 독촉 전화를 받고 결혼식 며칠 전에야 간신히 드레스를 맞추었으니 말이다.

어머니와 그의 소원대로 1992년 우리는 부부가 되었다. 뜨거운 감정이나 특별한 설렘도 모른 채 연애 시절이 지나갔지만, 1년 사이 서로에 대한 신뢰가 생겼고, 그렇게 많은 사람들의 축복 속에서 부부가 되었다. 키다리 산타와 까칠한 여선생, 두 사람의 동행은 그렇게 시작되었다.

알콩달콩 신혼생활

결혼하고 보니, 남편에 대해 내가 아는 건 그야말로 빙산의 일각이요, 장님이 더듬은 코끼리 뒷다리였다. 기상천외한 신혼여행부터 남편은 내 상상을 넘어섰다. 남편은 무려 3개월이라는 시간을 선뜻 내놓았다.

"지는 결혼하기 전부터 신혼여행에 대해 생각한 게 있었구먼유. 일주일은 너무 짧아서 안 돼유. 3개월은 가야지유."

말이 좋아 3개월이지 직장인이 3개월이나 신혼여행을 가는 것이 가당키나 한 일인가. 하지만 이미 회사에서 허락을 받았다고 하니 나는 쾌재를 부르며 따라나서기만 하면 되었다.

그런데 결혼식 당일 일이 터졌다. 요양원에서 돌보던 경수가 아파 서울대학병원에 데려다줘야 했던 것이다. 다행히 그가 묵묵히 잘 도와주어 경수를 무사히 병원에 보내고 이틀 후에야 여행을 떠날 수 있었다. 부부가 된 첫날부터 그러했으니 어쩌면 범상

치 않은 우리 삶이 그때 예고된 건지도 모르겠다.

우리는 유명 관광지보다 조용한 곳을 찾아다니며 한겨울의 운치를 한껏 만끽했다. 코펠에 밥을 해서 친정엄마가 싸 준 파김치나 고들빼기김치를 반찬으로 먹는 맛도 제법 좋았다. 생각보다 남편은 속내를 천천히 보일 줄도 알았고, 내 기분을 배려하며 분위기를 맞출 줄도 알았다. 재미있게도, 그가 내게 첫눈에 반한(!) 것은 치아 때문이었단다. 건강하고 예쁜 치아를 드러내며 호탕하게 웃는 나를 보고 무슨 말을 해도 다 좋게 들리더란다. 남편의 어린아이 같은 순진함에 할 말을 잃고 한참 웃었다.

여행을 떠난 지 2주쯤 지나자 남편 회사에서 전화가 왔다. 왜 출근하지 않느냐고 다짜고짜 난리였다.

"제가 분명히 3개월이라고 했는데요."

남편은 침착하게 대답하고 전화를 끊었다. 이번에는 사장님이 직접 전화를 했다.

"어떻게 된 거야? 아직도 출근을 안 한다며?"

"사장님! 3개월 후에 출근한다고 미리 말씀드렸지 않습니까."

결혼 전에 미리 허락을 구했는데도 다들 설마 했던 것이다. 결국 한 달 만에 신혼여행에서 돌아와 남편은 다시 출근을 했다. 남편의 뚝심이 아니었으면 꿈도 못 꿨을, 정말 잊지 못할 여행이었다. 얼핏 보면 배우 박상면을 닮기도 한 남편은 덩치에 비해 잘 웃는 편이다. 나도 누구 못지않게 잘 웃는 편이니, 우리 부부는

제 평생 가장 잘한 결정은
당신이랑 결혼한 거구만유. 좋지유?

늘 부러울 게 없다는 듯 웃음이 떠나지 않는다. 남편은 매사에 진지하고 신중해서 때론 결정이 느린 것처럼 보여도 언제나 의견을 맞추고 기다려 주는 품이 큰 사람이다. 하지만 당시 남편은 그야말로 무늬만 남은 '선데이 신자'였으니, 우리는 아직 대단한 꿈과 계획을 나눠 본 적이 없었다.

결혼한 뒤에도 친정에서 남편의 호칭은 여전히 '상훈아!'였다. 그런 친정 분위기가 남편은 참 좋았다고 한다. 집안의 생계를 책임지는 장남으로 살던 그에게 '막내사위'라는 위치가 꽤나 마음 놓이고 편했던 모양이다. 더군다나 어려서부터 무슨 일이든 혼자 알아서 척척 해내다 보니 누구한테도 잔소리 들을 일이 없었는데, 장모님이 날마다 불러다가 인생 수업을 하시니 그게 오히려 좋았다고 한다. 내게는 참 듣기 싫은 엄마의 잔소리가 그에게는 듣고 싶은 애정 표현이었던 것이다. 몇 시간이고 엄마 얘기를 듣는 경청자요 말벗이 되어 주니, 엄마의 사위 사랑은 날로 커져만 갔다.

엄마는 남편과 대화 중이면 집에 손님이 와도 다음에 오라고 했다. 심지어 사위 만나려고 친아들과 한 약속도 깨 버렸다.

친정엄마는 신앙이 없었는데도 우리 신앙을 존중해 주셨고, 인간관계나 일, 삶의 세밀한 부분까지 지혜로운 조언을 아끼지 않으셨다.

남편이 하는 일은 점점 커졌다. 토목공학을 전공한 남편은 1급

친정엄마는 내게 나누는 삶을 가르치셨다.
사랑은 또 다른 사랑을 낳는 위대한 일이다.

자격증을 2개나 취득한 엔지니어였다. 남편이 다니던 회사의 토목공사는 대부분 고속도로공사에서 진행하는 일이라 현금 거래가 많았다. 충남 주변의 도로 공사와 천안 톨게이트 확장 공사, 옥천 톨게이트 확장 공사와 휴게소, 음성 주유소 공사, 태안 교량 공사 등 남편은 많은 공사를 맡아서 진행했다. 처음에는 자금이 모자라 은행에 근무하는 오빠의 도움으로 대출을 받기도 했고, 언니네 집을 담보로 도움을 받은 적도 있다. 하지만 사업이 안정되면서 우리 생활도 풍족해졌다.

보기에도 듬직한 남편은 내게 언제나 최선을 다했다. 일이 바빠 신혼 때만큼 많은 이야기를 나누지 못했지만, 가끔 속 깊은 말들로 나를 감동시켰다. 통장에 쌓이는 잔고보다 내 마음을 배부르게 하는 것은 남편의 순수함과 진솔함이었다. 그래서 나는 남편에게 가끔 애교를 부린다.

"제 평생 가장 잘한 결정은 당신이랑 결혼한 거구만유. 좋지유?"

말을 꺼내 놓고도 민망한데 남편은 그저 웃고만 있다. 천만금을 주고도 못 살, 우리만의 행복한 순간이었다.

Chapter 2

유산의
아픔을
딛고서

서로 다른 환경에서 자란 두 사람이 서로 맞춰 가며 사는 것이
쉽지만은 않았다. 아무리 순수한 마음으로 서로 이해하고 양보한
다 해도 오해가 생기고 마찰이 빚어졌다.

주 집사에서 얼렁 김 집사로

남편과 나 사이에 싸움이 일어나는 원인은 늘 술이었다. 웬만
한 일은 서로 이해하며 지나가던 우리도 비껴 갈 수 없는 문제가
바로 술이었다. 결혼하고 1년쯤 지난 1993년 9월, 우리는 인천으
로 이사를 갔다. 인천의 한국종합건설 토목과장으로 남편이 스카
우트된 까닭이다. 그런데 남편은 하루 일과가 끝나면 거의 날마

다 술자리를 가졌다. 아침에 일어나면 전날 어떻게 운전하고 집에 왔는지조차 기억 못하는 남편을 바라보자니 하루하루가 좌불안석이었다.

그 해 12월 31일, 드디어 일이 터졌다. 그날도 여느 때처럼 남편은 자정까지 연락이 없었다. 깜박 잠이 들었는데 전화 소리에 놀라 깨어 보니 새벽 4시가 조금 넘었다.

"거기 김상훈 씨 댁인가요?"

"네, 그런데요. 어디시죠?"

"인천 남부경찰서입니다. 김상훈 씨가 음주운전으로 큰 사고를 냈습니다. 경찰서로 빨리 오셔야겠습니다."

"네? 네! 금방 갈게요."

어떻게 경찰서까지 갔는지 정신이 아득했다. 경찰서로 들어가 무사한 남편을 보니 그제야 마음이 놓였다. 남편 손목에 수갑이 채워져 있을 뿐 외상은 전혀 없었다. 남편 차와 상대방 차가 모두 폐차될 정도로 큰 사고였는데도 털끝 하나 다치지 않은 것을 보고 뭔가 하늘의 뜻이 있겠구나 싶었다.

음주 정도가 심한 데다 상대방도 크게 다쳐 일이 쉽게 풀릴 것 같지 않았다. 이 소식을 듣고 교회 목사님이 친히 경찰서까지 와 주셨다. 담당 경찰관이 뜻밖의 말을 꺼냈다.

"목사님도 오신 걸 보니, 교회 다니시는 분 같네요. 신원이 확인되었으니 돌아가세요. 새해 아침인데 떡국이라도 먹고 다시 오시죠."

집에 돌아온 남편은 정신이 바짝 들었는지 잠깐 나갔다 오겠다고 했다. 알고 보니 집 주변을 계속 걸으며 하나님께 물었단다.

"하나님! 이번 일로 제게 어떤 깨달음이라도 주시면, 그대로 하겠습니다."

일단 병원에 찾아가 피해자에게 사과부터 해야 했다. 그 당시 우리가 살던 아파트 전세가 2천만 원이었는데 합의금과 벌금, 사고 처리비 등이 딱 그만큼 들었다. 남편은 단 한 번의 대형 사고로 물질과 생명을 주관하시는 분은 하나님이라는 고백을 하게 되었다. 그렇게 너무나 비싼 대가를 치르고서야 남편은 주(酒) 집사라는 별명을 떼어 버릴 수 있었다.

그리고 그때부터 남편은 교회로 발길을 돌렸다. 그 시절 우리를 바르게 인도해 주신 선민침례교회 김화형 목사님과 최경희 사모님을 잊을 수 없다. 새벽마다 교회를 찾았지만 참 믿음이 무엇인지 잘 몰랐던 우리를 올바르게 이끌어 주신 믿음의 부모다. 인격적으로 하나님을 만난 남편은 이후 '열혈 김 집사'로 거듭났다. 히브리어와 헬라어까지 배우며 목사님께 일대일훈련을 받았다. 상처와 고민을 부끄러워하지 않고 하나님께 내려놓는 남편의 진솔함이 다른 사람들에게도 도전을 주었다.

인천에서 보낸 1년 반은 우리 부부가 주님께 더 가까이 나아가고 완전히 변하는 계기가 되었다. 생명과 죽음을 맛보았고, 물질은 한순간에도 날아갈 수 있음을 깨닫게 되었으며, 갈등 끝에 화해하는 법도 배웠다. 하나님이 어떻게 인도하실지 설레는 마음을 안고 우리는 다시 대전으로 내려왔다.

　대전으로 내려온 나는 아내로서, 여자로서 누리는 아늑한 삶보다는 좀 더 분명한 목표를 향해 에너지를 쏟고 싶었다. 하나님 앞에서 남편과 내가 함께할 수 있는 일이 무엇이 있을까 궁리했다. 나도 그렇지만 남편 역시 소박한 사람인지라 우리가 먹고사는 데는 그리 많은 돈이 들지 않았다. 그래서 그 여유로움을 나누기 시작했다. 수입의 50퍼센트를 헌금으로 드렸고 이런저런 교회 일을 적극적으로 도왔다. 앞으로 다가올 또 하나의 시험은 까맣게 모른 채 나누는 삶의 새로운 기쁨에 충만했다.

하나님의 기막힌 시나리오

　우리 부부의 방향을 바꾼 두 번째 위기가 찾아왔다. 대전의 토목 회사들이 줄도산이 난 것이다. 당시 남편은 천안 톨게이트 확장 공사에 참여하고 있었는데, 남편에게도 불똥이 튀었다. 남편이 속한 건설회사가 부도나는 바람에 돈을 받아야 하는 계약사들이 아무 상관없는 천안 톨게이트 공사 현장 대금 통장을 압류해버렸다. 자그마치 10억이 넘는 돈이었다. 그대로 뺏기면 남편은 천안 현장 하청업자들에게 고소를 당해 교도소에 가야 할 상황이었다.

우리 생애 가장 처절하고 솔직한 내려놓음이 시작되었다. 코가 무릎에 닿도록 엎드려 하나님을 불렀다. 언제쯤 대답을 들을 수 있을까? 모든 것이 막막했다. 남편은 제대로 먹지도 자지도 못하더니 80킬로그램이던 몸이 순식간에 60킬로그램까지 빠졌다.

그때 남편이 더욱 힘들었던 것은, 그토록 의지하던 장모님이 안 계시다는 사실이었다. 우리가 이 나락으로 떨어지기 직전에 친정엄마는 하늘나라로 가셨다. 누구보다 엄마를 따랐던 남편이었으니 어느 때보다 엄마 생각이 간절했을 것이다.

그런데 하나님의 기막힌 시나리오는 여기서부터 시작되었다. 친정엄마가 안 계시니 남편은 정말로 하나님을 부르기 시작했다. 무릎을 꿇고 매달리고, 방법을 구하고, 심지어 걸어 다니면서도 기도했다. 수요예배나 금요철야예배도 빠지지 않았다. 남편은 훗날 이렇게 말했다.

"그때 장모님이 계셨으면 아마 지는 아직두 하나님 안 불렀을 거구만유."

채무자들이 곡괭이를 들고 찾아와도 꿋꿋이 현장을 지키며 기도했다. 감사하게도 남편의 책임감을 보고 도로공사 사장님이 남은 문제를 해결할 수 있도록 함께 애써 주셨다.

내게도 힘겨운 시간이었으나 차마 남편에게 투정 부릴 수 없었다.

새벽 3시 30분이면 나는 매일같이 새벽예배를 드리기 위해 일어났다. 교회까지는 꼬박 한 시간을 걸어가야 했다. 형편을 아시는 목사님이 돌아오는 길은 태워다 주셔서 다행이었다. 언젠가는 쌀이 떨어져 본의 아니게 며칠 동안 금식을 하기도 했다.

그때 반가운 전화가 왔다. 결혼 전에 내게서 300만 원을 빌려 간 뒤 연락이 없던 친구였다.

"미안해. 원망 많이 했지? 그럴 사정이 있었어."

"아니야, 연락이 없어서 그냥 잊었어. 지금은 잘 지내지?"

그게 솔직한 내 심정이었다. 무슨 사정이 있겠거니 생각하며 까맣게 잊고 지냈다. 그런데 그 친구가 빌려 간 돈을 갚겠다는 것이었다. 얼마나 반갑던지, 당연히 받아야 할 돈이었음에도 횡재한 기분이었다. 고마워해야 할 사람은 내가 아닌데도 내 입에서는 똑같은 말만 나왔다.

"정말 고맙다, 진짜 고마워."

당장 은행에서 300만 원을 찾고는 그 길로 교회로 달려가 눈물을 쏟으며 감사의 기도를 드렸다. 그런데 마음속에서 소리가 들렸다.

'너, 그 돈으로 뭐 할래?'

우선 맛있는 것부터 사 먹고 나머지는 남편한테 줘야겠다고 생각했다. 그런데 문득 사택 살림이 어려워 사모님이 빚을 얻었다는 목사님 말씀이 생각났다. 하나님이 원망스러웠다.

"하나님, 이 돈이 어떤 돈인데요… 우리 집 사정 아시잖아요. 며칠 동안 밥도 제대로 못 먹었다구요."

눈물만 났다. 소리 내 울고 싶어도 기운이 없어 눈물만 흘렸다. 그런데 실컷 울고 났더니 마음이 한결 가벼워졌다. 돈은 여전히 내 가방 속에 있었지만 이미 내 마음에서 떠난 뒤였다. 나는 강대상 아래에 돈을 전부 놓고 조용히 교회를 빠져나왔다.

놀랍도록 마음이 가벼웠다. 남편이 연락도 없이 며칠 만에 집에 왔다. 안 좋은 일이 생겼나 걱정이 스쳤는데 남편 얼굴을 보니 웃고 있는 게 아닌가. 얼마 만에 보는 웃는 얼굴인지. 남편은 앉지도 않고 지갑에서 종이를 한 장 꺼냈다.

"이것 좀 봐유!"

순간, 남편의 들뜬 목소리가 집 안을 가득 채웠다.

"10억이에유, 10억! 우리가 이겼어유. 법원에서 내 편을 들어 줬어유. 이제 고생 끝이구만유. 당신 진짜 고생했어유."

제대로 듣긴 한 건지 의심이 되었지만 보고 또 봐도 10억짜리 수표였다. 꿈이라면 깨지 않으면 좋겠다고 생각했다. 그와 동시에 감사의 고백이 절로 나왔다.

"그 작은 돈을 드렸는데 이렇게 큰 것으로 갚아 주시네요. 정말 고맙습니다."

강대상에 두고 온 돈과 내 눈앞의 수표는 비교조차 할 수 없었다. 하나님은 우리에게 작은 것부터 순종하는 법을 가르쳐 주고 싶으셨던 모양이다.

다음 날 하청업자들에게 돈을 지급하고 여기저기 빌린 돈을 넉넉하게 이자까지 붙여 보내 주었는데도 1억이 넘는 돈이 우리 손에 남았다. 인천에서의 큰 교통사고를 통해 생명이 내 것이 아님을 깨달았다면, 천안 톨게이트 확장 공사를 통해서는 물질도 내 것이 아님을 깨달았다. 이제 우리 힘으로 할 수 있는 건 하나도 없음을 고백하지 않을 수 없었다.

그 뒤로 남편은 현장에서 일하는 분들을 정직하고 넉넉하게 섬겼다. 겁 없이 무턱대고 사람을 믿어 사기도 여러 번 당했지만 사람을 잃은 적은 없으니 그만하면 수익이 좋다, 이것이 우리 부부식 결산이었다.

당시 남편은 1년 중 8개월 정도 일하고 나머지 4개월은 교회에서 청년들과 더불어 찬양사역을 했다. 노래 중의 노래라는 뜻인 '쉬르' 찬양팀을 만들어 미자립 교회나 개척 교회들을 방문해 함께 예배드렸다. 현장에서 회식 때마다 인정받던 노래 솜씨를 이제 하나님을 위해 사용하게 된 것이다.

힘들고 어려운 일을 겪으면서 우리 부부는 말하지 않아도 조금씩 서로를 믿고 알아 가는 믿음의 동역자가 되었다. 서로의 눈물을 닦아 주며 서로를 위해 기도하는 진정한 배우자가 되어 가고 있었다.

"몸을 너무 혹사시키셨나 봐요. 조금만 쉬셨어도…."

의사 선생님의 눈빛이 흔들렸고 나는 그 말이 무슨 뜻인지 금세 알아들을 수 있었다. 벌써 세 번째였으니까.

"그럼… 아기는요?"

의사 선생님은 말이 없었다. 한 가닥 희망이라도 붙잡고 싶은 심정이었다. 세 번째 유산. 교회에서 전도사 사역을 하면서 나는 좀처럼 쉬지 못했다. 아니, 쉬지 않았다는 표현이 맞을 것이다. 하나님의 일을 하는 데 내가 조금이나마 보탬이 된다는 사실이 감사하고 행복해서 조금도 쉴 수 없었다. 버텨 내면 다 괜찮아질 거라고 생각했다. 하지만 그것은 착각이었고 오만이었다.

세 번째로 임신했을 때는 여름성경학교 기간이었다. 아동부 전도사에게 여름성경학교만큼 바쁜 시간이 없다. 그 기간 동안 다른 아이들을 돌보느라 정작 내 아이를 돌보지 못한 것이다. 그 사이 뱃속의 아기가 얼마나 힘들었을까 생각하면 지금도 마음이 아프다. 유산되었다는 말을 듣는 순간, 아기에게 너무 미안해 눈물을 흘릴 수조차 없었다. 나는 눈물 흘릴 자격도 없는 엄마인 것 같았다.

결혼하면 다들 자연스럽게 부모가 되던데 우리에게는 그게 힘든 일이었다. 고맙게도 남편은 유산할 때마다 전혀 서운한 내색을 하지 않고 묵묵히 보듬어 주었다.

"유산도 아기 낳은 거랑 똑같은 거래유. 몸조리 잘해야 하니께 아무 걱정 말고 푹 쉬어유."

남편의 사랑은 언제나 말보다 행동이었다. 그런 남편에게 아기를 안겨 주지 못해 더욱 마음이 아팠다. 그럴수록 나는 더 교회 일에 매달렸다. 당시 남편은 현장이 집에서 멀어 자주 집에 오지 못했고, 나는 점점 아내라는 자리보다 '전도사'라는 자리에 더 익숙해져 갔다. 그러던 어느 날, 남편에게서 전화가 왔다.

"함께 밥 먹은 지가 1년은 더 된 것 같네유. 지금 현장에서 출발하면 12시쯤 도착할 거예유. 점심이나 같이 먹어유. 시간 되지유?"

무슨 할 말이 있는 걸까, 아니면 무슨 일이 생겼나, 여러 가지 생각이 들었지만 오죽하면 전화했을까 싶어 유산했을 때처럼 미안한 마음이 밀려왔다. 건설 현장 일이 늘 그렇듯 남편은 현장에서 먹고 자느라 나와 얼굴을 맞대고 토닥거릴 시간조차 없었다.

"이제 우리 나이도 있는데 한번 고민해 봐유."

남편과 나는 결혼한 지 수년이 지나도 아기를 낳지 못한 것을 진지하게 생각해 보기로 했다. 더 노력한다고 아기를 낳을 수 있다는 보장이 있는 것도 아니고, 그렇다면 다른 방법을 찾아야 하는 게 아닐까 기도해 보자는 것이다. 우리 스스로 어떤 결정을 내리기 위함이 아니라 하나님이 어떤 가정을 만들기 원하시는지 다시 한 번 돌아보기로 한 것이다.

　남편 차가 멀어지는 걸 지켜보고 있자니 눈물이 났다. 지난 몇 년 동안 참으로 열심히 달려왔는데, 어쩌면 유산된 아이들을 잊기 위해 더 애쓴 건 아닐까 싶었다. 그 이후로도 한 번 더 유산을 하는 아픔을 겪었다. 그러면서 '아기', '자녀', '생명'에 대해 주님께 전적으로 맡기지 못했던 게 아닐까 싶어 눈물이 났다. 순간순간이 너무 고통스러워 지난 달력을 찢어 내듯 그 시간과 아픈 기억을 몰아내려고만 한 게 아닐까 했다. 오랜 시간 묻어 둔 내 마음을 하나님 앞에 꺼내 놓자 오히려 생각이 정리되었다. 힘들었던 장면 하나하나를 떠올리며 마주 대하자 앞으로 남편과 내가 그려 갈 그림이 또렷이 떠올랐다. 마음과 생각이 분명해진 것이다.

　한 주가 지난 뒤 마주한 남편에게 조심스럽게 이야기를 꺼냈다.

　"하나님께서는 우리가 입양하기를 원하시네유."

　나는 확신이 서면 언제든 단호한 편이라 단도직입적으로 이야기를 꺼냈다. 일주일 동안 기도하면서 고아들과 함께하시는 예수님의 모습이 떠올랐다고 말했다. 예수님처럼 부모 없는 아이들을 입양하자고 말했다.

　"나도 그런 기도 응답을 받았구만유. 우리는 역시 부부 맞구만유."

　남편과 나는 그 자리에서 조용히 기도했다. 앞으로 무엇을 어떻게 시작해야 할지 몰랐다. 얼마나 많은 일들이 기다리고 있는지, 유산의 아픔보다 얼마나 더 큰 아픔을 감내해야 할지 몰랐다. 물론 우리가 얼마나 어마어마한 잔치에 초대되었는지도 전혀 몰랐다.

단지 조용히 무릎을 꿇고 더 이상 아기에 대해 욕심내지 않겠다고 했을 뿐인데, 하나님은 나를 내 평생 최고의 잔치로 초청하셨다. 그때는 그 잔치의 기쁨이 얼마나 큰지 상상도 못 했지만 말이다.

Chapter 3

마음 깊숙이
걸어온
두 아이

하은, 하선이를 만나다

이름도 예쁜 늘사랑아기집(이하 아기집). 우리 가족과 아기집은
떼려야 뗄 수 없는 관계다. 어린 시절 엄마의 손을 잡고 봉사활동
을 갔던 그곳에서 나는 눈에 넣어도 안 아픈 내 새끼들을 만났다.

2000년 5월이었다. 원장님 전화를 받고 나는 한껏 들떴다.

"너무너무 예쁜 애가 있어요."

"그래요? 그럼 우리 애 맞아요."

원장님의 말 한마디만 들었는데 나는 우리 아기라는 확신이 들
었다. 예쁜 애라는 말 때문이 아니었다. 어렸을 때부터 원장님을
뵈었으니 내 마음이 어떤지 누구보다 잘 아시리라는 믿음 때문이

었다. 그런데 원장님은 머뭇거리더니 한마디를 덧붙이셨다.

"예쁘긴 한데… 몸이 조금 아파요."

달라질 건 없었다. 장애아들과 함께 살겠다고 결심까지 했던 나다. 원장님은 한 명이 아니라 자매인데 둘이 아주 각별하다고 하셨다.

그 길로 나는 남편과 아기집으로 향했다. 남편에게 만날 아기에 대해 정확히 말해 주지도 않았다. 사실 아는 게 없었으니까.

아기집에 들어선 나는 첫눈에 우리 딸을 알아보았다. 구석에 앉아 있는 조그만 아이, 바로 네 살짜리 꼬맹이 하은이었다. 아기집에 온 지 6개월째인데 처음 며칠은 곧잘 놀더니 그 뒤론 밥 먹고 화장실 갈 때만 빼고 그렇게 앉아만 있다고 했다. 무표정한 하은이를 보니 마음이 너무 아팠다.

하은이 동생 하선이도 만나고 싶었다. 18개월밖에 안 된 어린 하선이는 폐렴에 걸려 병원에 입원해 있었다. 8.8킬로그램… 너무나도 작은 하선이가 병실에 누워 있었다. 가슴이 먹먹했다. 이렇게 하은이와 하선이를 만나자 마음이 더 확고해졌다.

하지만 남편 마음은 달랐다. 건강한 아이를 입양하고 싶어 했다. 두 명이라는 것도 부담스럽다고 했다. 나는 처음 우리가 만났을 때처럼 남편에게 아기집에서 직접 아기를 안아 볼 것을 권했다.

감사하게도 남편은 내 뜻을 따라 주었다. 남편은 무슨 일이든 결정한 뒤에는 후회하는 법이 없는 사람이었다. 한 번에 두 아이의 아빠가 된 남편은 더없이 따뜻하고 좋은 아빠가 되었다. 당분간 현장 일도 뒤로하고 하선이를 간호할 정도였다. 당시 태안에서 교량 공사를 하고 있어 아이들 곁을 오래 지키지 못하는 것이 안타까웠던 남편은 결국 이사를 제안했다.

6개월이면 끝나는 현장 일이지만 남편 뜻을 따라 태안으로 이사를 했다. 남편은 작은 하선이를 품에 안고 출근하는 일이 잦았다. 모성애가 지극하다지만 부성애도 못지않았다.

하은이와 하선이에게 부모가 되어 줄 수 있다는 것이 정말이지 너무나 신기하고 감사한 날들이었다.

원장님 말씀대로 두 아이는 몸이 안 좋았다. 하선이는 선천성 폐질환을 앓아 날씨가 조금만 흐려도 감기에 걸려 수시로 병원을 드나들어야 했다. 그에 비해 하은이는 건강했으나, 정밀검사를 받아 보니 눈동자 초점을 잘 맞추지 못하는 '간헐성 외사시'였다. 2003년, 일곱 살이 되던 해에 하은이는 눈 수술을 받았다. 간단한 수술이라지만 어린아이가 전신마취를 해야 했다. 수술은 성공적이었다. 마취가 풀리자마자 하은이가 울면서 엄마를 찾았다.

"엄마, 엄마, 엄마! 나도 아프니까 이제 잘해 줘."

나는 아무 대꾸도 못하고 그저 하나님만 불렀다. 그동안 아픈 하선이에게 매달려 있는 엄마에게 얼마나 서운했으면 저런 말을 할까, 마음이 아팠다. 하은이의 눈물을 닦아 달라고 기도했다. 자꾸 목이 메어 그저 하은이를 꼭 끌어안을 뿐이었다.

"엄마가 미안해. 정말 미안해, 하은아."

내가 울어서 하은이의 눈물을 닦아 줄 수만 있다면 눈물이 마를 때까지 울고 싶었다. 맏딸이라고 잘 버티겠거니 생각해 잘 보듬어 주지 못한 지난날들이 필름처럼 스쳐 갔다. 하은이가 더 어릴 적에 손가락을 입에 물고 무표정한 얼굴로 머뭇거리던 모습이 또렷이 떠올랐다. 왜 그때 좀 더 사랑을 표현해 주지 못했을까, 왜 좀 더 눈을 마주쳐 주지 못했을까…. 당차지 못하다고 괜스레 아이를 나무라던 어리석은 내가 보였다. 입에 물고 있던 손가락을 잡아 빼며 버럭 성질을 내던 부족한 내가 보였다. 나 자신을 한없이 원망했다. 내게 받은 상처들을 고스란히 가슴에 안고도 엄마라고 찾고 안기는 하은이가 되레 고마웠다.

수술 후 마음의 상처까지 아문듯, 하은이는 더 속 깊은 딸이 되었다. 내 품에 기댈 줄도 알고 때로 철없는 엄마를 묵묵히 안아 주고 기다려 주었다. 일곱 살 하은이는 그렇게 엄마 마음 깊숙이 걸어 들어왔다. 하은이처럼 환한 얼굴로 웃는 예쁜 웃음을 그때나 지금이나 나는 본 적이 없다. 하나님께서 뽀얗게 빛나는 하은이의 바탕을 보시고 내게 보내 주신 게 분명했다. 그 밝은 빛을 보며 씩씩하게 걸어가라고.

"아이고, 우리 집 복덩이들!"

|

우리 집 복덩이들!
가족이라는 뜨거운 기쁨을 선물했다.

|

하은이와 하선이를 볼 때마다 하나님이 주신 복이 너무 크다는 생각이 들었다. 아이들이 자라는 기쁨, 가족이라는 뜨거운 하나 됨, 내 밑바닥을 드러내 얻게 된 엄마라는 이름의 당당함. 나에겐 모두 큰 복이었다. 힘들 때면 가슴을 움켜쥐고 하나님 앞에서 울면 되었다. 내 눈물을 닦아 주시는 하나님이 아이들도 책임지고 계시니까. 하나님은 내 부족한 사랑의 분량을 친정언니 윤정숙과 나의 가장 든든한 지원군 우리 오빠 윤기식과 누구보다 내 든든한 남편을 통해 꽉꽉 채우셨다.

제발 제 딸 좀 살려 주세요!

2004년 새해가 밝았다. 하은이가 수술 후 한결 밝고 적극적으로 친구들과 지내는 것을 보며, 하선이도 이제 좀 더 좋아지려니 기대했다. 하지만 하나님의 생각은 우리 생각과 조금 달랐던 모양이다. 태안에서 대전으로 오면서 하선이는 다시 기침을 시작했고 자주 감기에 걸렸다. 그러더니 정초부터 좀처럼 열이 내리지 않아 병원에 입원까지 하게 됐다. 처음에는 동네 소아과에 입원했다. 헌데 가래 빼는 데만 꼬박 일주일을 보내더니 결국 이유를 찾지 못했다. 급하게 대학병원으로 옮겼다. CT 촬영을 하고도 사흘이 지나서야 담당 의사를 만날 수 있었다.

"하선이 부모님, 마음의 준비를 하셔야 할 것 같습니다."

무슨 말인지 알아들을 수가 없었다.

"두 개의 폐 중에 한쪽 폐가 전혀 제 역할을 못 합니다. 나머지 폐 역시 제대로 기능을 못 하는 상황이고요."

"그게 무슨 말씀이신지….”

"회복이 불가능한 상태입니다."

"그런데 어떻게 아이가 숨을 쉬고 있는 거예요?"

"아마 어린아이라서 가능할 겁니다."

"그럼, 앞으로 어떻게 되는 건가요? 치료 방법이 없나요? 병명은 뭔가요?"

의사 선생님이 하는 말이 전혀 이해가 되지 않았다.

"정확한 병명이 나오지 않아 약을 쓰기도 어렵습니다."

앞이 캄캄했다. 처음으로 세상이 원망스러웠다. 점점 건강해지고 있다고 믿었는데… 이제 우리 네 식구, 아무 걱정 없이 행복하게 웃고 살 줄 알았는데… 좀처럼 마음을 진정할 수가 없었다.

병실로 돌아오니 하선이는 아무것도 모른 채 가녀린 팔뚝에 링거를 꽂고 우리를 기다리고 있었다. 아이를 보니 더욱 마음이 아팠지만 눈치라도 챌까 싶어 방긋 웃었다.

"우리 하선이, 조금 있으면 다 나아서 퇴원할 거야. 그렇지?"

"엄마, 의사 선생님이 나 이제 안 아프다고 했어. 이제 안 아프대."

"응, 조금 있으면 다 나아서 퇴원할 수 있대."

목이 메어 병실을 나왔다. 비상구 계단에 쭈그리고 앉아 하염 없이 울었다. 계단을 오르내리는 사람들이 흘끔흘끔 쳐다보았지 만 창피한 줄도 몰랐다. 벽에 기댄 채 하도 울었더니 머리가 어질 했다.

"제발 제 딸 하선이 좀 살려 주세요. 제발 좀 살려 주세요. 차라 리 저를 데려가세요. 그 어린애한테 어쩌면 이토록 가혹하십니 까? 차라리 제가 대신 고통받을 게요."

나도 모르게 기도가 절로 나왔다. 멈출 수가 없었다.

"제 딸 하선이만 살려 주시면 제 신장이라도 내놓겠습니다. 신 장병으로 죽어 가는 환자에게 제 신장을 드릴게요. 제발 제 딸 좀 살려 주세요."

그 기도를 마치고도 내가 얼마나 엄청난 약속을 했는지 신경 쓸 여력이 없었다. 목숨과 바꿔서라도 하선이를 살리고 싶은 것 이 솔직한 심정이었다. 그렇게 내 평생 가장 긴 밤을 보냈다.

5등 한 딸을 안고 펑펑 울었다

날이 밝기가 무섭게 남편과 나는 하선이를 데리고 서울대학병 원으로 갔다. 서울에 사는 친정언니가 아는 분들의 도움으로, 기 관지 분야에서 우리나라 최고라는 교수님께 진료받기 위해서였다. 처음부터 다시 검사가 시작되었고 드디어 병명을 알아냈다.

"하선이는 폐쇄성 모세기관지염입니다."

병명이라도 알게 되니 마음이 한결 가벼웠다. 얼마나 심각한 병인지 모르지만 병명이 있으니 방법도 있지 않겠느냐는 기대가 생겼다. 마치 낫기라도 한 듯 하나님께 감사기도를 드렸다. 건강해질 수 있다고 생각하니 약을 한아름 안고 대전으로 내려오면서도 구름 위를 걷는 듯 평온했다. 그때부터 4년 동안 하선이는 서울대학병원을 동네 병원 드나들듯 하며 치료를 받았다. 아침저녁으로 약물을 코와 입 안으로 흡입하며 지냈지만 하루가 다르게 건강해지는 게 눈에 보였다.

남편과 나는 기도를 게을리하지 않았고, 섬기던 교회에서도 두 아이를 위해 전심으로 기도해 주었다.

그렇게 약하기만 하던 하선이는 조금씩 건강해져서 깜찍한 초등학생이 되었다. 그리고 3학년이 되었을 때는 운동회에서 달리기를 하는 감격스러운 날을 맞았다. 나는 새벽부터 기분 좋게 김밥을 싸고 떡과 과일을 챙겼다. 딸내미 시집보내는 엄마처럼 마음이 들썩들썩, 울컥울컥 요동을 쳤다. 잠까지 설쳐 정신은 몽롱한데 마음은 그야말로 꽃길이었다.

운동회 시작을 알리는 출발 신호가 울렸다. 잘 달릴 수 있을까, 넘어지면 어쩌지, 못 일어나면 안 되는데…. 온통 정신은 하선이에게 가 있었다. 3학년 학생들의 80미터 달리기가 이어진다는 방송이 나왔다. 또래들 사이에서 보일락 말락 조그만 하선이가 눈에 들어왔다. 다들 쳐다볼 정도로 파이팅을 외치고 손을 흔들어대니 하선이가 나를 보았다. 세상을 다 얻은 것만 같았다. 이대로 시간이 멈추어도 좋다고, 더 이상 바랄 게 없다고 생각했다. 그때 가슴 가득 차오르던 그 충만한 행복이란.

드디어 총성과 함께 내 딸 하선이가 내달렸다. 여섯 명 중 5등으로 들어왔지만 단연 금메달감이었다. 나는 하선이를 번쩍 안아 올렸다.

"장하다, 내 딸! 잘했어. 정말 잘했어!"

더 흘릴 눈물이 어디 숨어 있었는지, 나는 창피한 줄도 모르고 5등 한 딸을 안고 엉엉 울었다. 죽을 뻔한 내 딸이, 숨도 제대로 못 쉬고 꺽꺽대던 내 딸이 이렇게 잘 달린다고 온 세상에 자랑하고 싶었다. 자그만 하선이가 으스러질 정도로 아주 꼭 끌어안았다.

끝날 것 같지 않던 병원 생활도 2008년, 드디어 끝이 보였다. 이제 호흡기를 떼고서도 숨 쉬고 걷고 뛰게 되었다. 잘 버텨 준 하선이도 고맙고, 그간 각별한 사랑을 베풀어 준 언니 내외에게도 얼마나 고맙던지! 언니 내외는 하선이가 오는 날이면 집도 깨끗하게 치우고 하선이가 좋아하는 갈비도 한 솥 해두며 부모처럼 각별한 사랑을 베풀어 줬다. 하선이도 '물고기 이모'라고 부르며 잘 따랐다. '물고기 이모'는 언니네 가족이 물고기를 키우는 것을

보고 아이들이 붙여 준 별명이었다.

언니 내외는 하선이를 보면 백혈병으로 먼저 하늘나라로 떠난 아들 준현이가 생각나는 모양이었다. 우리보다 더 간절하게 하선이의 완쾌를 바랐고 병원비와 모든 경비도 지원해 주었다. 비록 준현이는 보냈지만 하선이만큼은 지켜 주고 싶어 하는 그 마음이 어찌나 안타깝고도 고맙던지….

한참 더 자라면 다시 한 번 큰 수술을 해야 하지만 스스로 숨 쉬고, 걷고, 뛰는 것만으로도 정말 감사했다.

part 2

고난으로
배운
역설의 은혜

고난 뒤에 숨은 기쁨을 찾아보아라
힘들 때 오히려 더 큰 기쁨을 경험할 것이고 크게 감사할 것이다

Chapter 4

가족을
나누어
주다

지금껏 살면서 꿈에도 생각지 못한 일들이 참 많이 일어났다. 내 남편도 단단히 한몫을 했다. 풍채 좋고 사람 좋아 보이던 남편은 '소장님'에서 '사장님'이라고 불리다가 지금은 '목사님'이라고 불린다. 남편이 언제 건설업에 종사했나 싶을 만큼, 남편은 내게도 존경스럽고 믿음직스러운 '목사님'이다. 더디 가더라도 옳다고 생각하면 끝까지 가고야 마는 남편의 성격은 신학을 하기로 결정할 때도 마찬가지였다. 생명과 재산을 하나님께 내려놓은 순간부터 남편은 삶과 신앙에 대해 진지해졌다. 그러더니 급기야 신학대학원을 가겠다고 했다.

전도사로 사역하던 나로선 신학을 하겠다는 남편이 참 뜬금없어 보였다. (나중에 안 일이지만 하선이가 고통 가운데 힘들어할 때 하선이만 살려 주면 신학을 해서 목사가 되겠다고 서원했다고 한다.) 우리 네 식구 앞으로 어떻게 살까 난감했지만 그렇다고 말릴 수는 없었다. 남편은 당시 내가 전도사로 있던 한사랑감리교회 최병선 목사님의 권유로 목원대학교 신학대학원에 들어갔다.

대학에서 신학을 전공하지 않은 사람이 신학대학원에 입학할 경우 6학기를 전공해야 했다. 남편은 대학원에서 꽤 유명했다. 덩치도 커서 눈에 띄는 데다 머리까지 길어 학생들은 물론 교수님들까지 남편을 모르는 사람이 없었다. 사회 경험이 많다 보니 까마득한 후배들을 상담해 주는 맏형 노릇까지 도맡아 하는 눈치였다. 마흔이 넘은 나이에 원우회장에도 뽑혀 학생들을 위해 애썼다. 남편은 순리와 원칙대로 학생회를 운영했다. 후원금 받으러 다니는 데 열을 올리기보다 학교 방침을 합리적으로 바꿔 갔다. 남편이 학교에 도움이 되고 또한 사람들 사이에서 인정받는 것을 보니 나 역시 뿌듯했다.

"내 이름이 상훈이잖유. 서로 상(相), 공 훈(勳). 서로 같이 공을 세워야지유. 하나님이 지한테 목회하라고 그런 이름 주신 게 아닌가 몰라유."

남편이 목사안수를 받던 날은 만감이 교차했다. 남편이 목회자로 살기를 바란 적은 없었다. 그저 목사님을 존경하며, 교회 안에서 늘 화평한 자로 성실히 살기를 바랐을 뿐이다. 그런데 우리 내외가 목사와 전도사로 일하게 되다니…. 어렵고 힘들었던 지난날을 돌아보니 우리 힘으로 한 것이 하나도 없음을 다시 한 번 깨달았다.

남편이 목사안수를 받을 때 주변 분들이 적지 않은 돈을 주셨다. 예상치 못한 일이었다. 우리 내외는 기도하면서 그 돈을 우리를 위해 쓰지 않기로 결정했다. 대신 주변의 작은 교회 여섯 곳을 정해 각각 50만 원씩 후원했다.

뭐든 처음이 힘든 법이다. 한 번, 두 번 경험이 쌓일수록 나눔도 쉬워진다. 건네고 나면 더 배가 부른 것은 나요, 우리 가정임을 우리는 수없이 경험했다.

1억과 카드깡

마침내 졸업을 앞둔 6학기 때 남편은 교회 개척 준비로 여념이 없었다. 이미 40일 동안 앞날을 두고 기도한 남편은 교회를 개척하는 게 하나님의 뜻이라고 확신했다. 목사님도 남편 이야기를 듣고는 힘을 북돋워 주셨지만 나는 걱정이 앞섰다. '적당히 큰 교회 부교역자나 하지' 하는 마음이 있었던 게 사실이다. 그러나 남편은 뚝심 있게 밀고 갔다. 2005년 6월, 대전시 중구 용두동의 4층짜리 상가 건물에 세를 얻어 '함께하는교회'라는 간판을 걸었다.

교회를 개척하고 보니 남편이 토목공사를 하면서 친구 회사에 맡겨 놓은 자재들이 생각났다. 당시에 토목공사를 하는 어느 회사에서 그 자재들을 1억에 구입하겠다는 연락이 왔다. 교회를 개척하니 하나님께서 남은 자재들을 해결해 주셨다며 좋아서 남편에게 빨리 자재를 처분하라고 했다. 그런데 남편은 아무 말도 못한 채 머뭇거리기만 했다. 또 무슨 일이 일어난 거구나, 제발 불길한 말만 하지 않기를…. 그러나 내 예상은 빗나가지 않았다. 친구 회사가 부도나면서 1억을 받고 팔아야 할 자재도 산산이 흩어져 버렸다는 것이었다.

가슴이 먹먹했다. 지금도 1억이면 큰돈이지만 당시엔 대전에서 48평 아파트를 살 수 있을 만큼 큰돈이었다. 1억을 잃고 개척한 교회이니만큼 하나님께서 무조건 책임져 주시길 기도했다. 왠지 하나님께서 축복을 마구마구 쏟아 부으실 것 같았다. 그러나 그것은 어리석고 교만한 자의 헛된 바람이었음을 깨닫기까지 그리 오랜 시간이 걸리지 않았다.

용두동에는 쪽방촌도 있고 조손 가정도 많아서인지 유독 아이들이 많았다. 교회에도 어른들보다 아이들이 먼저 하나둘 모여들었다. 시간이 지나도 어른 성도는 오지 않았다. 교회 문만 열면 도와달라는 분들이 더 많은 가난한 동네에서 남편은 자기도 모르게 지쳐 가는 것 같았다. 개척 당시 꿈꾸던 것이 현실과 괴리가 있다 보니 자연히 어깨가 처졌다. 그 마음은 십분 이해가 되지만 나는 나대로 남편의 설교가 영 기대에 못 미쳤다.

설교 좀 제대로 해라, 새벽기도 좀 열심히 해라, 무슨 기도를 30

분 하고 들어가냐, 열정적으로 한 시간 이상씩 기도해라, 설교만 하면 사람들이 알아서 올 줄 알았냐, 목사가 왜 그러냐… 내 잔소리는 갈수록 심해졌다. 남편을 도와야 할 사모로서 하지 말아야 할 말들을 쏟아 부었다.

"이봐유, 그게 설교예유? 준비를 제대로 하기나 한 거예유?"

나는 남편의 안티 성도였다. 목사가 가장 감동시키기 어려운 성도가 사모라더니 괜한 말이 아니었다. 남편이 포기한듯 풀이 죽어 있는 게 더 기가 막혔다. 새벽예배 설교만 하고 조용히 엎드려 있다가 들어가는 목사가 내 남편이라는 걸 용납할 수 없었다.

"그렇게 하고도 성도가 오기를 바라는 거예유? 그런 목사 밑에서 참 좋은 성도 나오겠네유. 그러다 지옥에 가겠구만유."

남편은 당시를 회상할 때면 "어찌나 아름다운 말들만 하던지…"하며 너털웃음을 친다. 말로도 행동으로도 나는 남편을 구박하는 데 달인이었다. 자는 남편을 발로 툭툭 차면서 새벽기도 가라, 설교 준비 더 하라며 모욕을 주었다. 하나님이 얼마나 기막혀 하셨을지…. 남편이 원해서 교회 개척을 한 것이니 나는 잘못이 없다고, 다 당신 잘못이라고 남편을 계속해서 코너로 몰아넣었다. 그런데 이런 비난을 통해 내가 가장 하고 싶었던 말은 남편의 잘못으로 1억을 날려 버렸다는 것이었음을 나중에야 알았다.

우리 부부에게 탈출구가 필요했다. 예상과 너무 다른 현실을 이겨 내도록 도와줄 지원군이 필요했다.

아직도 감당할 고난이 더 남아 있었던 모양이다. 사람 좋기로 유명한 남편을 이용하는 사람들이 있었다. 일명 '카드깡 사건'이 터진 것이다.

예전에 남편과 함께 찬양팀을 하던 집사님에게서 연락이 왔다. 하도 오랜만이라 우리 내외는 기쁜 마음으로 나가 식사를 했다. 그런데 그분과 헤어지고 집으로 돌아오던 중 남편이 내뱉은 말에 등줄기가 오싹하고 머리카락이 쭈뼛 섰다.

"방금 뭐라고 했시유? 카드를 줘유? 그 사람을 어떻게 믿고 카드를 줘유? 그분 다단계한다잖아유. 빨랑 카드 분실 신고해유."

"아니, 사람을 그렇게 못 믿고 어떻게 목회를 해유. 당신, 전도사 맞남유?"

남편은 오히려 내가 한심하다는 듯이 말했다. 어이가 없었다.

남편은 카드 한도가 300만 원밖에 안 되니 어려운 이웃 도왔다 치자고 했다. 되레 보통 때는 사람들이 어렵다고 하면 있는 돈 다 주면서 왜 그러는지 모르겠다는 반응이었다. 하지만 현금이라면 몰라도 카드를 준 것이 나로서는 이해가 되지 않았다.

"문제 생기면 다 책임져유. 문제만 생겨 봐유. 그날로 이혼이어유!"

그렇게 더 이상 그 일에 대해 묻지 않기로 하고 3개월이 흘렀다. 그러던 어느 날, 남편이 이야기 좀 하자며 나를 불렀다. 가슴이 철렁 내려앉았다. 왜 불길한 예감은 틀림이 없는 것일까?

"그때 그 카드 알지유? 나는 잘 몰랐는디 그분이 카드깡이라는 걸 했나 봐유….”

“뭐유? 그게 뭔지 알아듣게 말해 봐유.”

나는 아무리 힘들어도 사람에게든 은행에게든 돈 한 번 빌린 적이 없다. 그러니 ‘카드깡’이라는 게 무슨 말인지 알 턱이 없었다.

“카드 한도보다 더 많은 돈을 대출해 주는 거래유. 천만 원을 받았다는구만유.”

“최고 한도가 300만 원 아녀유? 뭐가 어떻게 된 거예유? 어떻게 천만 원을…!”

얼마나 소리를 질렀는지 목소리가 다 갈라질 정도였다. 도무지 진정이 되지 않았다.

“그 사람이랑은 통화했어유? 뭐래유?”

“울기만 하면서 미안하다지 뭐예유.”

이렇게 대형 사고가 터질 줄은 몰랐다. 조금만 합리적으로 생각했다면 이런 일은 없었을 텐데, 남편이 원망스러웠다. 너무 황당하고 답답해서 털썩 주저앉아 엉엉 울었다. 그동안 힘들었던 기억들이 한꺼번에 밀려왔다.

“요즘 내가 얼마나 힘든데… 내가 여기 4층에서 어떻게 사는지 알기나 하냐구유. 우리 애들은 뒷전이고, 하은 아빠 교회 돕겠다고 교회 아이들 신경 쓰는 내 마음을 알기나 하냐구유.”

동네 아이들이 꽤 많이 모이자 나는 집을 개조하여 아이들 공부방을 만들었다. 공부방 아이들이 혹여나 상처받을까 봐 하은이와 하선이를 뒷전으로 했던 그 미안함까지 생각나 악을 쓰며 소리를 질렀다.

경제적으로 윤택할 때는 전혀 문제되지 않았을 금액이다. 그러나 그때 천만 원이면 우리 가정이 2년도 너끈히 살 수 있는 돈이었다. 속상해서 남편에게 마음에도 없는 말들을 쏟아 냈다.

"내가 언제 개척하자고 했어유? 본인이 개척한다고 했잖아유. 다 따라 줬더니 가족한테 당신이 해주는 게 뭐가 있어유? 사례비 받는 50만 원도 헌금하고 생활비 한 푼 안 주잖아유. 애들은 어떻게 키우려고 그래유. 병원도 가야 하고 학원도 보내야 하는데, 데려와서 애들 고생만 시키고 그게 아버지가 할 일이어유? 집 팔고 땅 팔고 내 차까지 팔았어유. 이렇게 더는 못 살아유."

"……."

지금까지 응어리진 것들을 토해 내며 울자, 남편도 옆에서 울었다. 사실 돈이 문제가 아니었다. 생각지도 못한 교회 개척을 시작하면서 내 안에 쌓였던 아픔과 불만이 쏟아져 나온 것이다.

"내가 다 미안해유. 마누래 아픔도 이해하지 못하고 정말 미안하네유. 다 내 잘못이구먼유. 날 용서해 줘유. 진짜 미안해유."

그 사건은 여러 가지로 우리에게 약이 되었다. 꾹 참고 평화로운 듯 보이려던 내 마음, 우리의 부부관계, 재정 상황을 남편도 나도 정직하게 인정하게 되었다. 그렇게 상처 난 곳을 보이고 나자, 언제나 그렇듯 의사 되신 하나님은 남편과 아이들을 통해 나의 마음을 조금씩 치유해 나가셨다. 그때까지 해결하지 못했던 1억도 내 마음에서 지워 버렸다. 카드깡으로 카드빚까지 진 돈도 마지막 남은 땅을 팔아 해결했다. 그리고 우리 이름으로 된 물질이 하나하나 사라지면서 무거워야 할 마음이 외려 가벼워지고 있다는 역설도 알게 되었다.

하민이에게 엄마를 나누다

남편의 설교 주제는 한 가지였다. 고통을 즐기면 고통 역시 기쁨이 된다는 것. 어쩌면 그것은 우리 부부에게, 우리 가정에 하는 말인지도 몰랐다. 부족할 것 없던 우리 가정은 남편이 신학을 하고 교회를 개척하면서 경제적인 윤택을 포기해야 했다. 대신 하루하루 감사하며 만족하는 법을 배워야 했다. 그러고 보면 남편이 나에게 설교를 참 잘한 것 같다.

한창 남편의 설교를 들으며 도전을 받던 2006년 초, 나는 셋째 아이를 입양하자는 강한 마음이 들었다. 하은이와 하선이에게 의견을 물었더니 둘 다 찬성이었다. 그런데 뜻밖에도 남편은 조금 더 생각해 보자고 했다. '역설의 행복'을 설교하며 그렇게 살 것을 촉구하더니, 정작 이 문제는 왜 찬성하지 않는지 알 수 없었다. 일단 시간을 주기로 했다.

나는 하은이와 하선이만 데리고 늘사랑아기집으로 갔다. 내 두 딸을 만난 곳이라 그런지 만감이 교차했다. 입양을 담당하는 소장님과 상담을 했다.

"어머나! 하은이, 하선이야? 어쩜, 이렇게 예쁘게 컸어?"

소장님이 아이들을 너무나도 반갑게 맞아 주며 귀한 손님이 왔다고 좋아하셨다. 어디서든 낯을 가리지 않고 말도 잘하는 하선이가 소장님께 먼저 말을 꺼냈다.

"여동생이 있으면 좋겠어요. 저랑 언니는 여동생을 꼭 데려가고 싶어요."

그러자 소장님이 싱긋 웃으셨다.

"예쁜 여동생이 한 명 있긴 한데…."

아직 말을 다 마치기도 전에 나는 속으로 그 아이가 우리 셋째라는 느낌이 들었다.

"근데 그게… 12개월 전에 구순구개열로 큰 수술을 두 번 했어요. 그것 때문에 일주일에 두 번씩 언어치료를 받고 있고요."

앞으로 몇 번의 수술이 남아 있다고 했지만 의료 기술이 하루가 다르게 발전하니 그쯤은 문제없을 거라고 생각했다. 나보다두 딸이 동생을 보고 싶어 했다. 얼굴도 모르는 셋째 딸을 만나러가는데 가슴이 어찌나 설레던지, 가슴이 쿵쿵 뛰는 소리가 들릴정도로 숨이 가빴다. 정말 조그만 얼굴의 아기가 눈에 들어왔다.부모는 어디 있어도 자기 자식을 찾을 수 있다더니 그 말이 꼭 맞았다. 내 아이인 것을 단번에 알아봤으니까. 하은이와 하선이도 아기를 예뻐해 함께 잘 놀다가 집으로 돌아왔다.

　그날부터 그 작고 동그란 얼굴이 눈에 아른거렸다. 구순열도 언어치료도 생각나지 않았다. 남편과 상의하여 결국 우리는 셋째 딸 하민이를 데려왔다. 하민이가 오고 나서 우리 집 분위기가 얼마나 달라졌는지 하은이가 쓴 글을 보면 알 수 있다. 2006년 4월에 쓴 이 글에 '재미있는 우리 가족'이라는 제목을 붙였다.

　우리 집은 아침부터 잠자리에 들 때까지 엄청 시끄럽다. 그 이유는 목소리가 큰 우리 엄마랑 내 동생 하민이 때문이다. 내 동생 하민이는 1월에 우리 엄마가 가슴으로 낳아서 데리고 왔다. 다섯 살인데도 언어장애가 있어서 말을 잘 못한다. 사람들이 하민이가 하는 말을 잘 알아듣지 못해서 내가 다 전해 준다. 엄마도 하민이가 말하면 다시 나에게 물어본다. 하민이가 말하면 엄마는 물어보고 내가 대답해 주는 것이다. 그래서 우리 집은 만날 시끄럽다. 학교만 다녀오면 우리 집은 공부방에 온 친구들과 동생들로 굉장히 시끄럽다. 엄마는 애들하고 공부하고 장난치고 노는 걸 재미있어 한다. 아빠는 교회학교 애들하고 성경 공부하는 걸 좋아한다. 나랑 하선이랑 하민이는 엄마 아빠랑 산책하고 놀이터에서 '무궁화 꽃이 피었습니다' 놀이하는 걸 좋아한다. 우리 집은 날마다 시끄럽다. 잔소리도 많고 정리정돈 안 한다고 혼내는 엄마지만 날마다 우리랑 재미있게 놀아 준다. 그래서 나는 엄마 아빠가 참 좋다. 시끄러운 우리 집도 참 좋다.

하민이가 좀 더 말을 제대로 할 방법을 찾기 위해 우리는 큰 병원을 찾았다. 아이들과 병원에 가는 게 익숙해질 법도 한데 좀처럼 적응이 되지 않고 마음을 끓였다. 치과, 성형외과, 재활의학과 교수님들이 여러 가지 검사를 했다. 하민이 발음을 바로잡으려면 시간이 꽤 걸리며 입 모양을 잡는 데도 꾸준한 치료가 필요하다고 했다. 당시 하민이의 언어장애가 얼마나 심한 건지 알고 싶어 혹시 장애 등급을 받을 정도냐고 물었다가 충격적인 답변을 듣고 마음에 깊은 상처를 받았다.

"하민이는 현재로서는 언어장애 2급인데요. 입양한 아이가 장애 등급을 받으면 부모님께서 혜택을 많이 받나 봐요?"

"네? 그게 무슨 말씀이세요?"

너무 기막히고 놀라 교수님을 한참이나 쳐다보았다. 어떤 부모가 자식이 장애아 판정 받기를 원할까? 나는 하민이가 어느 정도 치료해야 낫는 건지 알고 싶었을 뿐이다. 지금도 그때를 떠올리면 마음이 아프다.

결국 하민이를 사설 언어치료실에 보냈다. 그러던 중 바우처 사업을 알게 되었고, 덕분에 복지관의 언어치료실로 옮겼다. 정말 좋은 선생님을 만나 즐겁게 치료도 잘 받았다. 바우처 사업이 종료되면서 더 이상 치료받을 수 없게 되자, 선생님은 장애 진단을 받으면 계속 치료받을 수 있다며 소견서까지 써 주셨다.

나중에야 알았다. 입양 부모들이 아이들을 키우다 몸에 이상이 있는 걸 알아도 장애 판정 받는 걸 피한다는 사실을. 사회적 편견을 견디기 힘들어서다. 우리 역시 한동안 또 상처받을까 두려워 어디에 말도 못 했다. 그러다 3년이 지난 뒤 다시 용기를 내 다른 병원을 찾아가 정확한 진단을 받았다. 언어장애 3등급이 나왔다. 재활치료과 선생님이 지속적인 치료가 필요하다고 했다.

내 아이 상태가 어떤지 정확하게 알기만 해도 희망이 생긴다. 그러나 우리는 구청에 장애 등급 신청을 하지 않았다. 하민이를 위해 최대한 노력해 볼 참이었다.

그런데 그 하민이가 초등학교 5학년 때 정상 등급을 받았다. 지극히 건강한 아이를 우리 가정에 보내셨다는 주님의 말씀을 하민이를 입양하고 7년 뒤에야 알게 되었다.

쉽지 않은 고백

조그만 얼굴에 생글생글 잘 웃는 하민이가 "언니, 언니!" 하며 하은이와 하선이를 따라다니는 모습은 보기만 해도 흐뭇했다. 우리에게 주어진 이 평화를 깨기가 정말 싫었다. 하지만 입양 담당 소장님이 거듭 당부하셨다. 아이를 더 건강하게 키우려면 아이에게 입양 사실을 알리고 공개해야 한다고.

얼굴도 모르는 셋째 딸을 보러 가는데

어찌나 설레던지 가슴이 쿵쿵 뛰었다

남편과 나는 하은이와 하선이를 입양했다는 사실조차 까맣게 잊고 지냈는데, 이제 와서 들춰야 하다니…. 하은이가 단란한 우리 가정 이야기를 글로 쓰는 걸 얼마나 좋아하는데, 그리고 지금 얼마나 행복에 겨워 하는데…. 어떻게 입양 사실을 말한단 말인가. 남편과 말할 시기를 정하느라 기도하면서 무던히 속을 끓였다.

드디어 마음을 정한 그날, 나는 먼저 하은이에게 셋째 하민이에 대한 이야기부터 시작했다. 하민이를 늘사랑아기집에서 데리고 올 때 하은이도 함께였기에 하은이 역시 입양에 대해 잘 알고 있었다.

"하은아, 하은이는 입양에 대해 어떻게 생각해?"

"엄마, 입양은 좋은 거야. 아기에게 가족도 생기고, 가족도 아기가 생겨서 행복하고. 우리 집처럼, 히히."

"맞아. 그런데 하은아, 엄마가 할 말이 있는데…."

"뭔데?"

"응… 그게… 하은아! 엄마, 아빠, 고모, 삼촌, 할머니, 이모, 이모부, 외삼촌 모두 다 하은이를 사랑하고 예뻐하잖아. 알지?"

하은이 얼굴을 보니 차마 말이 나오지 않았다. 남편한테 설명하라고 할걸 그랬나 하는 후회도 들었다. 하지만 내 입으로 말해야겠다고 다시 마음을 다잡았다.

"하은아! 엄마랑 아빠는 하은이를 무진장 많이 사랑하잖아. 세상을 다 주어도 바꾸지 않을 정도로 최고로 우리 딸 하은이를 사랑해. 엄마 마음, 알지?"

"에이, 엄마는 내가 바보인 줄 알아? 나도 엄마 무진장 많이 사랑해. 됐지? 사랑한다는 말 들으려고 그랬어? 하여튼 엄마도 참."

자꾸만 말이 목에 걸렸다. 그렇게 몇 번을 멈칫거리다 마음을 다잡고 하은이를 끌어안았다.

"하은아, 엄마가 하은이에게 하고 싶은 말이 있는데 말이 잘 안 나 오네. 그게 중요한 게 아니고 하은이가 지금 엄마 딸이라는 게 더 중요한 건데. 하은아, 늘사랑아기집 알지? 사실은… 하은이 네 살 때, 하선이 세 살 때, 엄마랑 아빠가 늘사랑아기집에서 너희 둘을 데리고 왔어. 하민이처럼."

"……."

"하은아! 변한 건 없어. 하은이는 언제나 자랑스러운 우리 집 큰딸이야. 알지?"

"……."

하은이는 말이 없었다. 내 눈을 가만히 들여다보면서 아무 말 도 하지 않았다. 정말이냐고, 거짓말 아니냐고 묻지도 않았다. 아 무것도 묻지 않고 가만히 있는 하은이 모습에 더 마음이 아팠다. 나는 그냥 맥없이 하은이를 꼭 안아 주었다. 늘사랑아기집에서 데리고 왔든 엄마가 낳았든 그건 중요한 게 아니라고 백 번이고 말해 주고 싶었지만, 하은이도 나도 아무 말 없이 촉촉한 눈빛 너 머로 서로의 먹먹한 마음을 다독였다.

나중에 남편에게 들어 보니, 하은이가 남편에게 자신이 정말 입양된 게 맞는지 물었단다. 하은이의 젠틀 파파는 역시나 멋지게 하은이를 안아 주며 말했다.

"하은아! 변한 건 없어. 하은이는 언제나 자랑스러운 우리 집 큰딸이야. 알지?"

속 깊은 하은이는 우리 부부를 또 한 번 놀라게 했다.

"엄마! 근데 하선이는 아직 어리니까 4학년 될 때까지 말하지 마. 꼭이야."

나는 또 울 뻔했다. 초등학교 4학년밖에 안 된 아이가, 본인이 감당할 아픔보다 동생을 먼저 생각하다니. 감히 누구 명령이라고 안 지킬까? 우리 부부는 하선이가 4학년이 될 때까지 기다려 주기로 했다. 다만 그 해 여름, 하은이를 생각해 가족 여행을 다녀왔다. 왁자지껄 까불고 노는 아이들 세상은 달라진 게 없었다.

엄마의 아픔, 하민이의 아픔

하민이가 오고 나서 우리 집은 더 시끌벅적해졌다. 더 맏이다워진 하은이는 하민이 치료를 위해 용돈을 모으기 시작했다. 하선이도 동생과 노는 걸 즐거워했다. 아이들은 자기들끼리 알아서 쑥쑥 자라고 철이 드는데 문제는 나였다. 하민이를 데려온 뒤, 하은이에게 입양 사실을 밝혀야 했던 것이 화근이었다. 정작 당사

자인 하은이는 담담히 받아들이는데, 나는 그렇지 못했다.

하은이와 하선이, 정말 내 배 아파 낳은 자식으로 키웠다. 심지어 입양 사실조차 까마득하게 잊고 지냈다. 그런데 하민이를 계기로 입양 사실을 밝혀야 해서였는지, 갑자기 하민이가 미워지기 시작했다. 정말 전혀 생각지도 못한 내 모습에 스스로도 놀랐다.

집에서 하민이는 내 옆에 붙어 온종일 나만 바라보았다. 그런데 교회 예배나 공부방 시간 등 다른 사람들이 함께 있으면 자신을 가장 예뻐해 주는 사람한테 붙어서 내가 아무리 불러도 쳐다보지 않았다.

"하민이는 내가 제일 좋은가 봐요. 얼마나 못해 주면 애가 나만 좋아하는 거야. 집에서 아무도 모르게 하민이만 때리나 봐요. 하하하!"

남들이 우스개로 하는 말이 내 마음에 대못을 박았다. 겉으로는 웃었지만 속에서는 분노가 치밀었다. 그런 날은 집에 들어서자마자 어린 하민이에게 소리를 지르며 화를 냈다. 엄마가 돌변하자 하민이는 깜짝 놀라 두려움에 몸을 떨었다. 터무니없게도 하은이와 하선이에게 하민이랑 놀지 말라는 말까지 퍼부었다. 말을 뱉고 나면 너무 부끄러워 정말 쥐구멍에라도 숨고 싶은 심정이었다.

나는 점점 변해 가고 있었다. 피폐해져 가는 나를 보며 남편도 당황스러워했다. 하민이는 자꾸 눈치를 보면서 내 시선을 피했다. 심지어 바지에 쉬를 하고 응가를 하기도 했다. 자신과 눈도 마주치지 않는 엄마를 향해 몸으로 말하기 시작한 것이다. "엄마, 나 하민이야. 나 좀 봐 줘. 나한테 왜 그래?" 하면서 말이다. 차라리 말로라도 호소하면 좋았을 것을, 그 어린것은 온몸으로 내게 말했다. 그것도 모르고 나는 다 큰 녀석이 쉬도 못 가리고 응가도 혼자 못 하냐며 더 구박했다.

폭탄 같은 내 말 한마디 한마디가 하민이를 얼마나 힘들게 했을지 지금 생각해도 가슴이 아프다. 가족이라는 울타리를 잘 알지도 못하는 아이에게 울타리 안으로 들어오라고 손짓을 하면서도, 문은 열어 주지 않고 들어오지 못한다고 구박만 한 셈이었다. 하선이 말대로 난 폭력 엄마였다. 다섯 살 어린아이와 마흔 살 넘은 엄마의 싸움은 일방적으로 늘 내 승리로 끝났다. 상처와 얼룩만 잔뜩 남긴 승리는 날 더욱 고통의 길로 몰아갔다.

하민이를 바라보는 것조차 내겐 고통이었다. 하은이 하선이를 키울 때만 해도 난 그런대로 착한 엄마라고 생각했다. 그런데 하민이를 키우면서부터 내 안에 추악한 내가 있음을 알게 되었다.

나는 결코 착한 엄마도 좋은 엄마도 아니었다.

그런 나를 안아 준 건 하나님이었다. 괴로운 심정으로 기도하는데 하나님은 나의 못난 모습과 하민이의 아픔을 보게 하셨다.

말없이 내 사랑만 기다리던 하민이에게 울며 용서를 구했다.

"하민아, 엄마 용서해 줘. 엄마가 미쳤었나 봐. 엄마가 제정신이 아니었어. 미안해!"

아이를 붙잡고 얼마나 울었을까? 하은이도 울고 하선이도 울고 다섯 살 하민이도 내 품에 안겨 작은 몸을 부르르 떨며 한참 동안 울었다.

"엄마, 울지 마. 엄마, 엉엉!"

하민이는 그동안의 힘든 일 때문에 우는 게 아니라 엄마가 우는 게 마음 아파서 울었다. 내 눈물을 닦아 주며 계속 울지 말라고 했다. 그런 하민이를 보면서 지난날 나의 잘못이 모두 떠올랐다.

"하민아! 엄마가 이제 안 그럴게. 하민이 하고 싶은 대로 해. 엄마가 싫으면 싫다고 말해. 엄마는 하민이 너무 사랑해. 앞으로 더, 더 사랑할게. 하민이는 엄마 딸이지, 그치?"

하민이는 하선이처럼 좋고 싫은 게 분명해서 감정을 그대로 표현한다. 어떤 상황이든 그런 하민이를 존중하고 인정해 주기로 결심했다.

하민이는 그 뒤로도 꾸준히 치료를 받았고 2009년 3월엔 입천장 수술을 했다. 윗니 두 개가 없어 입 모양이 바르게 자라지 않는다고 해 1년 동안 보정기를 착용하는 시술도 받았다.

"아픈데 잘 참네, 우리 하민이. 참 예쁘다."

연세가 조금 있으신 의사 선생님이 사랑스런 눈빛으로 하민이에게 말했다. 나는 그저 부분 마취를 하고 잇몸 수술을 받는 하민이의 손을 꼭 잡고 안타깝게 지켜볼 수밖에 없었다. 하민이 눈에서 눈물이 쪼르르 흘러내렸다. 그 눈물을 보면서 내가 대신 아플 수만 있다면 좋겠다고, 하은이, 하선이가 그랬듯이 하민이도 힘든 시간을 잘 견디게 해 달라고 간절히 기도했다. 수술이 끝난 뒤 하민이는 내 손을 꼭 잡으며 모기만 한 소리로 말했다.

"엄마가 내 손을 잡고 있어서 참을 수 있었어요."

왈칵 눈물이 쏟아졌다. 더 이상 흘릴 눈물이 없을 줄 알았는데 멈출 수가 없었다. 내가 안쓰러웠는지 간호사 선생님이 휴지를 건넸다.

하민이는 얼굴에 웃음이 그득한 매력 만점의 아이로 변해 갔다. 윗니 보정기를 착용한 뒤로 발음이 더 좋아졌다. 곧 아랫니 보정기도 착용해야 한다. 치과 치료는 의료보험이 안 돼 한동안 우리 가계가 휘청했다. 또 한 번 휘청하겠지만 그래도 하민이가 건강해질 것을 기대하며 열심히 노력하고 있다.

내가 변하자 우리 가족은 행복을 되찾았다. 웃음소리가 집안에 메아리치기 시작했다. 이 일을 계기로 부모의 무관심이나 폭력 때문에 상처받고 아픔을 겪는 아이들을 돌아보게 되었고, 아이들은 행복할 권리가 있음을 선포하기 시작했다. 이제 하민이는 어디를 가든 내 곁을 떠나지 않는다. 아니, 내가 하민이를 껴안고 다니는 통에 하민이가 떠날 틈이 없다. 아픔의 시간을 보내며 나를 훌쩍 자라게 해준 고마운 셋째 딸. 보지도 않고 데려간다는 우리 집 예쁜 셋째다.

사랑이를 만나다

세 자매는 하루가 다르게 닮아 갔다. 하은이는 친동생인 하선이보다 하민이를 더 챙길 정도로 언니 노릇을 톡톡히 했다. 하민이랑 함께 지내는 것이 차차 익숙해지자, 하선이가 남동생이 있으면 좋겠다는 말을 했다. 자연스럽게 넷째를 입양하자는 이야기를 나누게 되었고, 남편은 하민이 때처럼 또 생각해 보자고 했다. 역시, 브레이크를 안 걸면 울 신랑이 아니었다.

"딸내미들만 있으니까 아들내미도 키워 보자니께유."

"하민이도 아직 적응 단계이고 조금만 더 생각해 봐유. 그런데 아들 데리고 목욕탕에는 가 보고 싶네유. 허허허."

남편은 입양하지 않겠다고 말하지는 않고, 아직 이르다며 만류했다. 하지만 나는 이미 '아들'에 대한 동경으로 마음을 가라앉히기 힘들었다. 세 딸이 들으면 서운해 해도 어쩔 수 없었다. 딸보다 아들이 좋아서가 아니라, 딸이 셋이나 있으니 아들도 키워 보고 싶은 작은 욕심이었다. 언제까지라고 하지 않고 기다려 달라고만 하는 남편이 좀 답답하게 느껴졌다. 앉으나 서나 심지어 자려고 누웠는데도 아들 생각이 머리에서 떠나질 않았다. 만난 적도 없고 오지도 않은 아들에게 이미 빠져 버렸다. 그래서 남편이 허락하지도 않았는데 대뜸 전화기부터 들었다. 아기집 소장님과 통화한 후 무작정 찾아갔다.

"안녕하세요, 소장님!"

"어서 오세요, 하은이 어머니!"

언제 들어도 기분 좋은 말이다. 하은이 어머니, 하선이 어머니, 하민이 어머니! 소장님께 아이들 안부를 전한 뒤 남자아이를 입양하고 싶다고 말했다. 그러자 소장님은 역시나 아이가 한 명 있다고 하셨다. 네 살이고 태어날 때부터 안짱다리여서 수술을 두 번 받았는데, 지금도 보조신발을 신고 다닌다고 했다. 뇌수막염 때문에 조음장애가 생겨 언어치료를 받고 있지만 애교가 많아 너무 귀엽다고도 했다. 무슨 장애가 있다고 했는지, 무슨 수술을 했다고 했는지 다 잊어버리고 애교도 많고 귀엽다는 말만 자꾸 귓가에 맴돌았다. 보고 싶었다. 선생님의 안내를 받아 아기집 2층으로 갔다. 귀엽고 작은 남자아이와 눈이 마주쳤다. 한눈에 내 아들임을 알 수 있었다.

"우리 아들! 엄마가 한번 안아 볼까?"

아이는 기다렸다는 듯이 내 품속으로 쏙 파고들었다. 낯을 가리지도 않았다. 내 품에서 내려오려고도 하지 않고 무작정 날 따라가겠다고 해서 일단 집으로 데려왔다. 입양 부모는 대개 아이와 두세 번가량 만난 뒤 가정으로 데려가는 게 통례인데 말이다.

그런데 우리 아들과 나는 보는 순간, 서로에게 반해 바로 안고 집으로 와서는 진짜 내 아들이 되었다. 아들을 차에 태우고 집으로 오는 길은 꿈만 같았다. 운전하는 나를 보면서 아들이 웃고 있었다.

'엄마! 벌써부터 기다리고 있었어. 엄마가 데리러 올 줄 알았어.' 아들의 눈은 내게 이렇게 말하는 것 같았다. 아이를 안고 남편이 있는 교회로 갔다. 남편은 아이를 안고 나타난 나를 보면서 어이없어 했지만 사랑스런 아들의 얼굴을 보자 이내 만면에 웃음이 가득했다. 역시 우리는 부부 맞다며 하나님께 감사드렸다.

남편과 나는 아들의 이름을 '사랑'이라고 지었다. 이 땅에서 천국 가는 그날까지 많은 사람들에게 사랑받고 또 사랑을 주는 아이가 되라는 우리 부부의 기도였다.

사랑아 걸을 수 있어!

이름에 걸맞게 사랑이는 우리 가족에게 사랑을 듬뿍 받고 또 듬뿍 안겨 주었다. 남편은 목욕탕에 갈 때면 꼭 사랑이와 함께 갔고 목회자들이 모이는 행사에도 수행비서처럼 사랑이를 데려갔다. 아들을 안고 목욕탕이며 행사에 다녀오는 남편은 입을 다물 줄 몰랐다.

"사랑이는 하나님께 기도한 기도의 응답이구먼유."

우리는 서로에게 반해
진짜 사랑하는 가족이 되었다.

벌써 아들은 우리 집에 와서 호적도 올리고 온 가족의 사랑을 듬뿍 받으며 성장하고 있는데 남편은 이제야 기도의 응답이란다. 느려도 진짜 느린 내 남편은 영락없는 충청도 남자다.

사랑이도 아빠를 얼마나 좋아하는지 어린이집에도 가지 않고 교회에서 아빠랑 놀았다.

사랑이에게는 누나들을 능가하는 매력이 있었으니, 바로 애교 작렬 눈웃음이었다. 사랑이가 눈웃음을 치며 분명하지도 않은 발음으로 "언니, 언니!" 하면서 누나들을 따라다니면 다들 귀여워 더 장난을 쳤다. 큰딸 하은이는 사랑이를 '내 새끼'라고 부르며 버젓이 엄마 노릇까지 했다. 그 깐깐한 하은이 눈에는 내가 사랑이 엄마인 게 성에 차지 않는 모양이다.

사랑이는 안짱다리 때문에 제대로 걷지 못하다 보니 발목이 부러질 것처럼 가늘었다. 걸을 수 있도록 꾸준히 운동을 시켜 주고 따뜻한 물로 계속 마사지를 해 주어야 했다. 우리 집이 엘리베이터 없는 4층에 있다 보니 사랑이에게는 계단을 오르내리는 일이 여간 힘든 게 아니었다. 절반도 못 올라가서 금세 지쳐서는 안아 달라고 손을 내밀었다. 힘들어 하는 아들을 보면 얼른 달려들어 번쩍 안고 싶지만 언제까지고 그럴 수만은 없었다. 두 눈 질끈 감고 모른 척하는 것도 부모로서 할 일이었다.

"사랑아, 혼자 걸어. 할 수 있어."

"어무, 힘드… 아져…."

안아 달라며 손을 내미는 어린 아들에게 나는 점점 독하고 강한 엄마가 되어 갔다. 사랑이가 온 며칠 뒤 가족회의를 했다.

"사랑이는 태어날 때부터 다리가 휘어 수술도 했고 보조신발도 신고 있잖아. 너희들도 알지? 우리가 가족이니까 사랑이가 잘 걷고 뛰어다닐 수 있도록 도와야 해. 그렇지?"

세 누나에게는 물론 남편에게 특히 확실히 얘기했다. 사랑이가 뒤뚱거리면서 걷는 게 안쓰러워 자꾸 안아 주는 게 결코 사랑이를 위하는 게 아니라고, 아무리 안아 달라고 떼써도 안아 주면 안 된다고 단단히 일러 뒀다.

사실 사랑이가 언제 걸을 수 있을지 자신이 없었다. 하지만 나와 남편이 언제까지나 사랑이를 돌보면서 살 수는 없으니 강한 아이로 키워야 했다. 길을 걷다가도 힘들다고 땅바닥에 주저앉으면 금방 일으켜 세워 걷게 해야 했다.

어린 사랑이도 독하디독한 엄마가 이제 절대로 자신을 안아 주지 않는다는 것을 알고는 한 발, 한 발 걷기 시작했다. 그렇게 세상을 향해 제 힘으로 걸어가게 되었다. 어느 날엔 잠든 사랑이 발목을 붙잡고 하나님께 맥없이 울며 기도했다. 나는 하나님 앞에서만큼은 언제나 물러 터진 울보 딸이다.

"하나님, 우리 사랑이 보조신발 신고 있는 이 다리 안 보이세요? 불쌍하게 생각하시고 건강하게 해주세요. 보조신발 벗고 다른 애들처럼 걷고 뛰게, 우리 사랑이 좀 봐 주세요."

하나님께 깍듯하게 말씀드리기도 서운했다. 반백이 된 아버지에게 매달리는 늦둥이 딸처럼 떼를 쓰고 싶었다. 그러자 어느 순간 울며불며 매달리는 내 기도를 듣고 계시다는 생각이 들면서 한 줄기 빛이 들어오기 시작했다. 마음 저 밑바닥에서부터 꿈꾸는 듯한 소리가 들려왔다.

'아이의 보조신발을 벗겨!'

마음의 소리에 민감한 나는 얼른 그 소리를 듣고 순종했다. 보조신발에 의지해서 걷기보다는 일반 신발을 신고 걷는 연습이 더 중요하다는 생각이 들었다. 사랑이와 함께 서대전초등학교 운동장을 꾸준히 걸었다. 하선이가 건강해졌듯, 사랑이도 이제는 다른 아이들처럼 보조신발 없이 다닌다. 하선이가 달리기를 할 때처럼, 사랑이가 걸어가는 것만 봐도 숨이 멎을 듯이 행복했다. 매일 밤 사랑이의 다리를 붙잡고 울면서 했던 기도를 들어주신 하나님은 지금도 내 안에서 이렇게 말씀하신다.

'간절히 기도해. 네가 원하는 모든 걸 들어줄게. 나에게 와서 모든 걸 내려놓고 기도하렴.'

"나, 사실 목욕탕에 갈 때마다
아들이 있었으면 좋겠다고
생각했었구먼유."
소원을 풀어 좋다며 남편은
어디든 사랑이를 데리고 다녔다.

하윤이의 일기

칭찬 1

밤에 잠을 자려고 누우면 엄마랑 얘기가 하고 싶어집니다. 할 얘기가 생각 안 나면 엄마한테 칭찬해 달라고 조릅니다. 엄마는 칭찬해 주는 척하면서 나쁜 것만 말합니다. 그럼 나랑 하선이는 소리 지르며 칭찬하라고 난리를 칩니다. 엄마는 그제야 알았다면서 진짜로 칭찬을 해줍니다.

"얼굴도 예쁘죠, 착하죠, 동생들도 엄청 예뻐하죠, 엄마를 너무너무 잘 도와주죠…. 공부도 잘하고, 운동도 열심히 하고, 피아노도 잘 치고, 드럼도 잘 치고, 훌라후프도 잘하고, 몸매도 죽이게 예쁘고, 머릿결도 비단결처럼 윤기 나고, 부드럽고, 웃는 얼굴이 이 세상에서 가장 예쁘고, 착하고, 아름다운 꿈을 가져서 예쁘고, 욕심 안 부려서 예쁘고, 엄마랑 늘 마음속 생각을 나누면서 말해 줘서 예쁘고…."

그러면 나와 하선이는 엄마 품에서 잠이 들어 버립니다. 엄마는 너무나도 많은 칭찬으로 나를 행복하게 합니다. 칭찬을 많이 들은 날은 좋은 꿈을 꿉니다.

2006년 10월

106

칭찬 2

찜질방에서 엄마랑 누워서 얘기를 했습니다. 엄마가 칭찬해 달라고 자꾸 조릅니다. 그래서 나도 엄마를 칭찬해 주었습니다.

"엄마는 착하고, 용두동에서 제일 예쁘고, 남을 잘 도와주고, 우리에게 칭찬도 많이 해주고, 먹을 것도 잘 사 주고, 음식도 잘해 주고, 용돈도 잘 주고, 엄마 없는 애들에게 엄마도 해주고, 청소도 잘하고…."

엄마는 내가 한 가지 칭찬을 할 때마다 "진짜로?", "정말로?" 하면서 무진장 좋아하십니다. 너무너무 좋아서 춤이라도 추고 싶다고 합니다.

근데 진짜 춤은 안 춥니다. 사람들이 많아서 창피해서 춤은 못 추겠다고 합니다. 엄마도 자식의 칭찬을 먹고 자란다고 말해 주었습니다.

우리 같은 아이들만 칭찬을 들으면 기쁘고 좋은 줄 알았는데 엄마도 칭찬을 들으면 행복해하는 걸 처음 알았습니다. 앞으로는 엄마, 아빠, 동생들, 친구들을 더 많이 칭찬해야겠습니다.

2006년 11월

Chapter 5

함께 울고 웃는,
우리는
가족이잖아

왜 가슴으로 낳았냐고!

아들이 생기자 한층 더 정신이 없어졌다. 사랑이는 이름처럼 온 가족의 사랑을 독차지했다. 세 딸아이는 깔깔대며 웃다가도 무게를 잡고 누나 노릇을 하기 일쑤였다. 특히 하은이, 하선이는 나와 남편이 아니라 자기들이 사랑이의 부모라도 되는 듯이 사랑이를 감싸고돌았다. 하민이 때와는 또 다르게 드러나는 누나 본색이었다. 형제가 많으니 자녀 교육이 절로 되는구나 싶을 정도였다. 이런 천사들을 우리 부부에게 허락해 주신 하나님께 감사했다.

그런데 마음 한편에선 이제 하선이에게도 입양 사실을 알려야 한다는 마음이 들었다. 하은이에게 입양 사실을 알린 그날처럼 하선이는 또 얼마나 놀라고 울어댈까 생각하니 하루에도 수만 가지 생각이 오고 갔다. 언제나 그렇듯 피한다고 될 일이 아니었다. 남편과 이야기를 나눈 끝에 결국 남편이 내게 숙제를 맡겼다.

"미안하구먼유. 난 진짜 자신이 없네유."

남편은 정말 미안해하면서도 내게 그 힘겨운 숙제를 모른 척 넘겼다. 나는 그저 하은이 때처럼 하선이에게도 잘 말할 수 있기를 바랐다. 하선이는 하은이와 성격이 달라서 여간 고민이 되는 게 아니었다. 동생들과 놀고 있는 하선이에게 할 말이 있다고 불렀다. 순간, 하은이는 나를 보더니 상황을 짐작하고 얼굴이 굳어졌다.

"하민아, 사랑아, 언니가 옛날이야기 해줄게. 책 가지고 이리 와."

하은이가 눈치 빠르게 동생들을 데리고 책이 있는 방으로 들어갔다. 나는 하선이를 번쩍 안아서 다른 방으로 데리고 들어갔다.

"이 세상에서 가장 사랑스럽고, 가장 예쁘고, 가장 똑똑한 우리 하선아!"

"무슨 얘기하려고 아부를 하고 그래? 빨랑 말해."

성격 급한 하선이는 빨리 말하라며 재촉했다.

"하민이랑 사랑이가 입양되어 가족이 되었는데 엄마가 동생들 구박하는 것 같아, 아님 하선이처럼 잘해 주는 것 같아?"

"당연히 잘해 주지. 지금은 입양했다는 생각도 안 들어. 그냥 내 동생 같아."

"그래, 하선아. 입양은 아무것도 아니야. 하선이도 하은이 언니랑 같이 아기집에서 왔어."

"뭐, 뭐라고? 다시 말해 봐."

"그게… 하선이도 하민이랑 사랑이처럼 아기집에서 왔다고."

"말도 안 돼. 나랑 언니는 엄마가 낳은 거라며?"

느닷없이 하선이는 울기 시작했다. 그러더니 소리를 지르면서 내게 대들기 시작했다. 발로 차고 손으로 때리면서 소리를 지르며 울었다.

"엄마가 배로 낳지 않고 가슴으로 낳아서 정말 미안해. 그렇지만 배로 낳은 것보다 더 사랑하고 더 소중하게 키웠어. 앞으로도 그렇게 키울 거야. 엄마가 너무 미안해."

"미안하면 날 배로 낳았어야지, 왜 가슴으로 낳았냐고!"

하선이가 악을 쓰자 하은이가 달려왔다.

"언니, 언니랑 나도 하민이, 사랑이처럼 엄마가 가슴으로 낳았대."

"그래, 하선아. 엄마 말이 맞아. 우리도 입양된 거야."

"싫어, 싫어. 나는 엄마가 낳은 거야. 나는 엄마가 낳았잖아. 말해 봐, 응?"

하선이는 특유의 카랑카랑한 목소리로 소리를 지르면서 달려

들었다. 더 때리라고, 엄마한테 서운한 거 다 풀릴 때까지 때리라며 나는 계속 울었다. 그렇게 해서라도 하선이가 입양아라는 것을 받아들일 수만 있다면 얼마든지 맞을 수 있었다. 엄마랑 아빠가 하선이를 사랑하는 것만은 변하지 않는다고, 꼭 기억하라고, 때리는 하선이를 부여안고 수도 없이 말해 주었다. 하은이, 하선이와 부둥켜안고 얼마나 울었는지 하민이와 사랑이까지 들어왔다. 언니들이 우니까 어린 동생들까지 따라 우느라 집 안은 온통 울음바다가 되었다. 한참을 울고 난 뒤 하선이가 눈물을 닦고 일어섰다.

"어차피 나는 김하선이야. 엄마도 그대로 내 엄마고, 아빠도 내 아빠고, 괜찮아."

하민이랑 사랑이는 하선이 언니와 엄마가 왜 그렇게 울었는지도 모르고 다 같이 눈물을 뚝 그쳤다. 하선이는 언제나처럼 쿨하게 아무 일 없었다는 듯 입양 사실을 받아들였다. 아마 동생들이 없었다면 하선이는 그 엄청난 이야기를 듣고 받아들이는 데 더 오랜 시간이 걸렸을지도 모른다. 자신을 의지하는 동생들이 있었기에 금세 툭툭 털고 다시 동생들의 멋진 언니가 되어 같이 놀아 줄 수 있었다.

한바탕 울고 나자 정신이 들었다. 하선이에게 한 시간 정도를 맞고 나니 온몸이 멍투성이었다. 바짝 마른 녀석이 힘이 어찌나 세던지 그야말로 폭력 엄마를 때리는 폭력(!) 딸이었다. 아프긴 엄청 아픈데 마음은 한없이 가벼워졌다. 하은이, 하선이 일을 겪고 나니 아이들에게 입양 사실을 알려 주는 것이 좋다고 하신 소장님의 말씀을 이해할 수 있을 것 같았다. 하선이한테까지 입양 사실을 말해 주고 난 후, 아이들에게 잘해야겠다는 마음이 더 커졌다. 맞아 죽어도 끝까지 딸을 품에서 놓지 않는, 그 정도 가슴이면 가슴으로 낳았다고 할 수 있는 건지, 그날 밤 하나님께 수도 없이 물었다. 하나님은 내 기도를 들으셨는지 이후 더 이상 딸에게 맞는 일은 없었다.

한참을 울었다

감사할 일들이 많아지자 누가 건드리기만 해도 "고맙습니다"는 말이 튀어나왔다. 그러던 어느 날 하나님의 서프라이즈 선물이 전화 한 통으로 배달되었다.

"오 마이 갓! 하나님, 정말이세요?"

CBS의 〈새롭게 하소서〉 프로그램 담당 작가에게서 전화가 왔다. 하나님이 우리 가정에 주신 선물들을 이야기하면 된다고 하니 거절할 이유가 없었다. 우리 부부는 단번에 승낙했고, 쏜살같이 담당 PD가 대전으로 내려왔다. 촬영하는 내내 우리 집은 언제나처럼 요란법석 떠들썩했다. 손님이 와도 반찬 한두 가지 더 내놓는 성격이 못 되다 보니, 있는 모습 그대로 보여 주기만 하면 되었다.

아이들과 함께한 촬영이 끝나고 남편과 나는 서울에 있는 방송국 스튜디오로 녹화를 하러 갔다. 맏딸 하은이도 동행했다.

1부와 2부로 나누어 녹화를 하는데 2부에는 하은이도 함께했다. 하은이가 쓴 글도 읽고 직접 이야기도 나누었다. 그때 하은이는 초등학교 5학년이었는데 작지만 담담한 목소리로 자기 글을 읽어 내려갔다. 입양아로서 힘들었던 학교생활에 대해 쓴 글을 읽을 때는 나도 모르게 당시 생각이 나서 방송도 아랑곳하지 않고 눈물을 쏟고야 말았다.

하은이는 학교에서 한동안 왕따였다. 하선이가 얘기해 주지 않았다면 남편과 나는 지금까지도 몰랐을 것이다.

어느 날, 학교를 마치고 집에 들어오자마자 하선이가 꽤 진지한 얼굴로 내게 말했다.

"엄마, 하은이 언니 친구들이 하은이 언니 막 놀려. 따돌리고 말도 안 해."

"뭐? 누가, 어떤 친구들이 그래? 하은이 언니가 왜? 우리 하은이한테 왜 그래?"

손이 부들부들 떨릴 정도로 화가 나 당장 학교로 달려가 확인할 참이었다. 그런 나를 남편이 간신히 말렸다. 나는 누가 불씨라도 던지면 팡팡 터지며 타오르는데 남편은 군불처럼 뭉근히 뜨거워져 나를 붙잡아 앉히는 일이 많았다.

"하은이가 학교에서 오면 들어 보고 그때 학교에 가도 늦지 않아유. 조금만 기다려 봐유."

남편의 말을 듣고 하은이를 기다리는데 가슴이 찢어지는 것 같았다. 오랜 시간 힘들게 지냈을 하은이를 생각하니 눈물이 나고 부모로서 지켜 주지 못한 게 너무 미안했다. 그 사이 하은이가 왔다. 눈치 빠른 하은이는 내가 우는 것을 보자 하선이를 힐끗 쳐다봤다.

"엄마…."

하은이는 울면서 내 품으로 달려들었다.

"하은아, 엄마가 미안해. 우리 딸 힘든 것도 모르고 지켜 주지도 못해서 미안해, 하은아."

나와 하은이는 끌어안고 한참을 울었다. 하선이도 남편도 하나가 되어 끌어안고 함께 울었다. 한참을 울고 난 뒤 하은이가 학교에서 있었던 일들을 말해 주었다.

"우리 반 친구들은 안 그러는데 다른 반 애들이 우리 교실에 와서 나를 막 놀려. 눈이 썩었다면서 장애자라고, 우리 반 친구들한테 나랑 놀지 말라고 그래. 엄마, 나 학교 가기 싫어."

학교에 가지 않아도 되니 엄마랑 집에서 책 읽고 글 쓰고 놀자고 하은이를 달랬다. 그 사이 하은이가 하선이한테 한소리 했다. 엄마 아빠 걱정하는데 왜 말했느냐는 것이었다. 하선이는 언니가 힘들어서 말한 거라면서 나름 착한 일 한다고 했다가 되려 싫은 소리를 듣고 속상해했다. 남편이 아이들 손을 잡고 말했다.

"하은아, 하은이가 힘들게 학교생활 하는 걸 엄마 아빠 걱정한다고 말 안 하면 안 돼. 엄마 아빠 걱정한다고 아무 말도 하지 않는 효녀보다 아무리 걱정시켜도 말해 주는 철부지 딸이 아빠는 더 좋아. 우리는 가족이잖아. 함께 고민하고 함께 해결하는 게 가족이야."

"아빠…."

아빠 품 안에서 한참 서럽게 울던 하은이가 더 마음 아픈 이야기를 했다. 아이들이 몇 개월 동안 놀리고 왕따를 시켰는데 선생님이 전혀 모른다는 것이었다.

남편이 다음 날 선생님을 찾아가 오랜 시간 상담을 했다. 상담 후, 학년 담임선생님들이 모여 상의한 끝에 아이들에게 설문 조사를 하기로 했다. 상당히 많은 아이들이 오랜 시간 하은이를 따돌리고 놀렸음이 확인되었다.

학교 측에선 아이들에게 왕따에 대해 따로 교육을 시켰고, 그러자 진심을 다해 하은이에게 사과하러 오는 친구들도 있었다. 하은이는 어린아이 특유의 환한 얼굴로 그 친구들을 용서해 줬다. 나는 과연 내게 상처 준 사람들을 하은이처럼 용서할 수 있을까, 자신 없었다. 그래서 어린 하은이 앞에서 많이 부끄러웠다.

비 온 뒤에 땅이 굳는다더니 하은이는 그 뒤로 입양아라는 것도, 수술한 눈도 부끄러워하지 않았고, 친구들 앞에서 자기 생각을 당당하게 말할 수 있게 되었다. 어찌나 우리 집 자랑을 했던지 우리 집에 입양 가고 싶다는 친구들도 있다고 해서 한바탕 웃었다. 열두 살 어린아이가 견디기엔 너무 힘든 시간을 잘 이겨 낸 내 딸 하은이가 자랑스러웠다.

하은이는 이 일을 겪고 나서 쓴 글을 스튜디오에서 읽었다. 입양아인 자신을 소개하는 글을 조곤조곤 읽어 내리는 하은이의 목소리를 들으며 나는 또 울었다. '사랑받는 나'라는 기특한 제목이다.

나는 입양아입니다. 다른 친구들은 다 엄마 뱃속에서 나왔는데 나와 내 동생들은 모두 엄마 가슴에서 나왔습니다. 나는 내가 입양된 사실을 숨기지 않습니다. 그 이유는 입양이 부끄럽거나 창피한 게 아니기 때문입니다.

그런데 친구들은 내 생각과 다른가 봅니다. 나를 보면 자꾸 놀립니다. 내가 못생기지도 않았는데 못생겼다고 합니다. 저번에는 5학년 3반 아이들이 우리 반에 나를 보러 와서 진짜 못생겼다고 말하고, 눈이 썩었다고 말했습니다. 5학년 2반 친구들도 나를 놀립니다. 참 많이 속상했습니다.

선생님께도 말하고 엄마 아빠에게도 말하고 싶었습니다. 그렇지만 꾹 참았습니다. 엄마 아빠가 속상해하시고 엄마는 울 것 같아서였습니다. 그런데 동생 하선이가 엄마에게 말해서 부모님이 알게 되었습니다. 엄마 아빠는 나를 꼭 안아 주셨습니다.

따뜻한 엄마 품 안에서 정말 많이, 많이 서럽게 울었습니다. 자꾸 눈물이 나왔습니다. 엄마도 울고, 아빠도 울고, 다 울었습니다. 엄마는 뭐든지 참지 말고 속상한 일이 있으면 다 얘기하라고 합니다.

그렇지만 나는 너무 속상한 말은 잘 안 합니다. 동생들 때문에 힘드실 텐데 나까지 힘들게 하면 안 될 것 같아 말이 안 나옵니다. 엄마는 속이 많이 상했나 봅니다. 속상해하는 엄마에게 말했습니다.

"엄마, 내가 왜 못생겼다는 말을 들어도 참고, 눈이 썩었다는 말을 들어도 참고 웃는지 알아?"

엄마가 나를 가만히 바라봅니다.

"그건 내가 이렇게 나쁜 말을 듣는 것보다 더 많이 사랑받고 있다는 걸 알고 있어서야."

우리 엄마는 내가 한 말에 감동을 먹었습니다. 나를 꼭 끌어안고 엄마도 울고 나도 울었습니다. 속상해서 운 게 아니라, 행복해서 울었습니다.

하은이가 자신이 입양아라는 것을 밝히듯, 나는 이 아이가 가슴으로 낳은 내 딸이라고 자랑한다. 무엇 하나 잘해 준 것 없는데 이 보석 같은 아이가 내 딸인 것이 눈물 나게 감사하다고 말한다. 시간이 흐를수록 하은이를 통해서 하나님이 무슨 일을 하시려는지 더욱 궁금해진다. 상처가 별이 되어 빛나는 아이를 통해, 하나님은 사람들에게 어떤 이야기를 들려주고 싶으신 건지 궁금하다.

우리 집 시끄러운 건 하선이 덕

하은이도 하선이도 자신이 사랑받는 아이임을 느끼고 살아가는 데는 남편의 공이 컸다. 나는 아이들을 좋아하는 데다 장애아들에게 남다른 관심이 있어 처음부터 우리 아이들의 아픔이 전혀 눈에 들어오지 않았다. 하지만 남편은 낯설어하면서도 차츰차츰 아이들에 대한 사랑을 누구보다 강하게 표현했다. 아이들이 아빠 팔에 매달리고 등에 기어오르고 방긋 웃으며 이름을 부를 정도로. 아이들은 아빠가 언제나 자신들의 편임을 확신한다. 아이들에게 그런 남편은 '자상한 아빠'인 반면 나는 '폭력 엄마', '악덕 엄마'라고 불린다. 소리 지르고 혼내기 일쑤니까. 가슴으로 낳았다고 버릇없이 다 받아 주는 건 사랑이 아니라는 이유로 이렇게 아이들을 혼내는 건 언제나 내 몫이다.

하선이는 하은이와 달리 밖에서 일어나는 일에 대차게 대응하는 편이었다. 하은이가 묵묵히 참고 견디는 편이라면 하선이는 거침없이 되받아쳤다. 하은이처럼 자신이 입양아라는 사실을 알고 난 뒤 학교에서 간혹 놀리는 친구들이 있어도 하선이에겐 문제가 되지 않았다. 하선이에게는 대꾸할 가치도 없는 문제였으니까.

"야, 김하선! 너 입양아라며? 진짜야? 너네 부모님, 양부모님이
야?"

"그래, 맞는데. 그래서 어쩌라고?"

상황 끝. 달라질 건 없었다. 하선이는 좋은 건 좋고 싫은 건 싫
다고 의사 표현을 확실히 하는 아이다. 그래서 학교 친구들 사이
에서 인기가 많고 리더십도 있다. 사람들 앞에 나서는 데 두려움
이 없고 오히려 자신을 바라보는 사람들의 시선을 즐길 줄 안다.
그래서 어렸을 때 건강해지라고 배운 태권도도 짧은 실력이지만
유단자들처럼 기합을 내며 폼을 잡곤 한다. 피아노도 곧잘 연주
해서, 사람들의 요청이 있으면 보란 듯이 꼬마 피아니스트가 되
어 준다. 연주복을 입은 피아니스트처럼 한껏 들뜬 표정으로 어
깨를 들썩이며 무대를 즐긴다. 하선이의 쾌활하고 거침없는 성격
은 언니 하은이라고 봐주지 않는다. 하지만 결코 언니를 이기는
법은 없다.

"내가 지는 건 딱 한 사람이야. 김하은! 알지?"

자신이 언니를 이길 수는 없다고 살짝 꼬리를 내리는 것이다.
한 살 차이 동생이지만 가슴 아픈 동생이어서인지 하은이는 하선
이를 못마땅해 하면서도 그다지 잔소리를 많이 하지 않는다. 그
걸 믿고 하선이가 언니에게 약 올리듯 하는 말이 있다.

"언니가 나보다 잘하는 게 뭐가 있어? 글 잘 쓰는 거? 그거 하

나? 나는 노래 잘하지, 피아노 잘 치지, 태권도도 하지….”

자랑이 끝이 없다. 그래도 하은이는 가만히 듣고만 있다. 우리 집이 평온한 건 하은이 덕이 크고, 우리 집 시끄러운 건 하선이 덕이 크다.

신장을 기증하던 날

남편은 작은 교회지만 즐겁게 목회를 하고, 나는 아이들 속에 파묻혀 놀다 보면 하루가 금세 저물었다. 사랑이까지 입양해서 함께하던 2007년 4월, 문득 지난해 운동회 때 하선이가 달리기하던 모습이 생각났다. 그리고 오랜 시간 마음속에 담아 두었던 하나님과 한 약속을 지켜야 할 때가 왔다고 생각했다.

“하은 아빠! 할 얘기가 있어유.”

“무슨 일이여유?”

선뜻 말하기가 조심스러워 주춤거렸다.

“하선이가 많이 아플 때 하도 힘들고 괴로워서 내가 하나님께 약속한 게 있어유. 하선이만 살려 주시면 죽어 가는 신장병 환자한테 내 신장을 기증하겠다고 했구면유.”

“그랬구면유…. 그런 일이 있었구면유….”

“이제는 그 약속을 지켜야 할 것 같아유.”

남편은 한동안 말이 없다가 입을 뗐다.

"우리 마누래, 정말 장하구먼유."

내 마음을 알아챈 남편은 아무 말도 못 하고 가만히 나를 바라보았다. 우리는 그렇게 모처럼 한동안 따뜻하게 서로를 바라보며 지냈다. 연애하던 때보다, 애틋하던 신혼 시절보다 더 따뜻한 눈빛이었다. 아이들 입양할 때는 언제나 잠깐만 시간을 달라던 남편이 이번에는 한 번에 승낙해 주었다. 하나님과 한 약속이라니 남편도 어쩔 수 없었나 보다.

며칠 뒤, 대전 '사랑의장기기증본부'를 찾았다. 장기 기증을 하게 된 배경을 잠깐 설명하고 장기 기증 서약 서류를 준비해 제출했다. 신장 기증을 하겠다고 찾아갔어도 먼저 검사에 통과해야 했다. 혈액 검사를 통해 신장을 이식해도 좋은 건강체임을 확인받고 나자 바로 이식 준비가 시작되었다. 다급한 환자들이 많다보니 일사천리로 일이 진행되었다.

환자가 입원해 있는 부산봉생병원으로 가기 위해 2007년 10월 14일, 부산행 열차에 올랐다. 비장한 마음도 두려움도 없었다.

수술하기 하루 전날, 남편과 아이들이 부산 병실로 찾아왔다.

"엄마…."

네 명의 아이들이 그동안 있었던 일을 서로 먼저 이야기하고 싶어 앞다투는 바람에 병실이 북새통이 되고 말았다. 아이들과 떠들고 장난치고 부대끼는 그 순간이 너무나 행복하고 소중해, 아이들을 한 명, 한 명 끌어안았다. 그렇게 가만히 안은 채 속으로 간절히 기도했다.

'주님, 우리 아이들을 지켜 주세요. 우리 아이들이 사랑의 마음, 감사의 마음으로 살아가게 해 주세요.'

아이들을 하나하나 축복하고 대전 집에서 다시 만나자며 아쉽게 작별했다. 아이들을 보내고 마음을 가라앉히는데 병실 벽에 종이 두 장이 붙어 있었다. 가장 잘 보이는 벽에 하은이, 하선이가 편지를 붙여 놓고 간 것이다. 편지를 든 순간 눈물이 폭포수처럼 흘러내렸다.

엄마, 안녕? 나, 하은이야.

엄마가 보고 싶어서 밤새도록 울었는데 엄마도 나 보고 싶지?

지금도 엄마 사진 보면서 울었어.

엄마, 수술하면 많이 아플 텐데 힘내!

하나님께서 엄마의 수술을 성공적으로 이끄실 거야. ㅋㅋ

내가 열심히 기도할게.

엄마 수술하고 오면, 내가 엄마 많이 도와주고 동생들도 잘 돌봐 줄게.

엄마 수술 잘해서 우리 가족끼리만 소풍 가자.

가족끼리 소풍 간 게 언제인지 기억도 안 나.

엄마 아빠 손잡고 놀러 가고 싶어.

이 글을 쓰면서도 엄마가 자꾸 보고 싶어서 눈물이 나와.

아무리 내가 4학년이어도 엄마 없이는 못 살아.

엄마 늙어도 늘 내 옆에서 나랑 같이 살자. 엄마 늙었다고 구박

안 할게.

사랑해…. 보고 싶어…. 내일 만나자….

안녕.

2007년 10월 16일 큰딸 올림

엄마, 이제 더운 여름이 지나가고 벌써 선선한 가을이 왔네.

엄마 수술 잘 받아야 해.

엄마가 없으니 쓸쓸하고 외로워.

엄마가 있을 때는 자신 있고 활발해지는데….

엄마! 나도 병원에 있었는데 엄마도 병원에 있네?

엄마, 내가 기차 탈 때 기도할게.

엄마 조금만, 아주 조금만 더 힘내야 해. 엄마 죽도록 사랑해.

보고 싶어. Love! 사랑해.

내가 생각나면 읽어 봐.

2007년 10월 15일 월요일 하선이가 엄마께

아이들이 가고 나니 서울에서 언니가 내려왔다. 언니의 얼굴을 보는 순간 다시 눈물이 쏟아졌다. 언니도 울고 나도 울고, 서로 말도 없이 울기만 했다.

"장하다. 정말 장해."

"언니…."

"그럼, 약속한 건데 지켜야지. 아이를 살려 주셨는데. 하선이가 지금 저렇게 건강한데 엄마로서 당연한 거야. 네가 정말 대견하고 자랑스러워."

"언니가 내 언니인 게 너무 감사하고 기뻐. 고마워."

병실에 누워 있으면서 내가 가진 게 얼마나 많은지 새삼 깨달았다. 남편과 네 명의 아이들, 사랑하는 친척들과 지인들, 그리고 나의 하나님. 신장 하나 주려다 내가 가진 것들을 세어 보니 헤아릴 수 없다는 걸 알았다.

수술은 성공적으로 끝났다. 하선이와 하민이가 수술 후 아파했듯, 마취가 풀리자 통증이 밀려왔다. 수술실로 들어갈 때는 언니에게 손으로 V자까지 해 보였는데, 나올 때는 너무 아프고 고통스러워 언니 손을 꼭 잡고 눈물부터 흘렸다. 아파하는 나를 보며 언니도 같이 울었다.

수술 후 대전에서 오빠가 내려왔다. 오빠는 내게 특별한 존재다. 5남매이던 우리 형제는 이제 오빠와 언니 그리고 나만 남았다. 내 나이 열아홉이던 고3 때 아버지가 돌아가시고 10년 전에 어머니마저 돌아가셨다. 내가 너무나 좋아하던 작은오빠는 서른이 안 된 나이에 교통사고로 죽었고, 여동생은 혈압으로 쓰러지더니 끝내 일어나지 못하고 세상을 떠났다. 그 후 우리 삼남매는

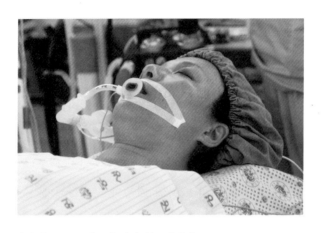

수술의 고통도 가족과 사랑하는 이들의
사랑이 있어 이겨 낼 수 있었다.

더욱 각별해졌다. 그래서인지 오빠 얼굴을 보자 더 눈물이 났다.

남편이 잘나가던 사업을 접고 신학을 한다고 했을 때 언니와 오빠는 등록금까지 내 주며 우리 부부를 격려했다. 아이들을 입양할 때도 적극적으로 지지하고 사랑으로 도움을 주었다. 심지어 공부방 아이들한테까지 마음을 써 주었다.

울어도 울어도 왜 그렇게 눈물이 자꾸 나는지 모르겠다. 왼쪽 옆구리를 30센티미터 개복하고 열세 번째 갈비뼈를 잘라서 신장을 뺀 수술의 고통도 가족과 사랑하는 이들의 사랑이 있어 이겨 낼 수 있었다.

그렇게 몸이 차츰 회복되면서 하루하루의 삶이 너무나 소중하고 귀하게 느껴졌다. 아마 그동안 가족과 사람들에게 사랑을 퍼주느라 나도 모르게 사랑에 목말라 있었던 모양이다. 하나님이 나를 보듬어 주시려고 이렇게 귀한 시간을 주신 게 아닐까 싶었다. 그제야 나는 정말 사랑받는 사람이라는 걸 알았다. 이 사랑을 더 많은 사람들에게 그리고 우리 아이들에게 나누며 살아야겠다는 생각으로 마음이 뜨거워졌다.

무엇보다 아이들이 너무 보고 싶어서 의사 선생님에게 사정해서 예정보다 이틀이나 서둘러 집으로 돌아왔다. 아이들을 보니 이제 제대로 숨을 쉴 수 있을 것 같았다.

'여기가 내 집이구나, 여기가 내가 있어야 할 곳이구나!'

하은이의 일기

낡은 외투

내게는 오래된 검정색 외투가 하나 있습니다. 엄마가 두고두고 오래 입으라고 내가 여섯 살 때 사 주셨습니다. 일곱 살 때는 옷이 커서 소매를 두 번 접어야 했습니다. 길이는 발목까지 내려와서 담요처럼 보였습니다. 엄마는 비싸고 좋은 옷이라고 사진 찍는 좋은 자리에는 이 옷만 입혀서 데려갔습니다. 일곱 살, 여덟 살, 아홉 살 겨울에 찍은 사진을 보면 거의 이 검정 외투를 입고 있습니다.

아홉 살이 되면서 소매를 접지 않고 입어도 되었습니다. 다른 옷이 있는데도 가족과 외출할 때, 행사 때는 변함없이 이 외투를 입었습니다. 열 살이 되어서도 이 외투를 입었는데 그때는 진짜 딱 맞았습니다. 옷이 맞으니까 참 편하고 좋았습니다. 열한 살이 되어서 또 옷을 꺼내 입었는데 소매가 조금 짧아졌습니다.

올겨울은 더 예쁜 코트와 잠바도 생겼지만, 나는 이 옷만 입고 다녔습니다. 안에 입은 티셔츠가 외투 소매 바깥으로 삐져나왔습니다. 엄마가 이제는 이 옷 그만 입으라고 잔소리를 하십니다. 은영 간사님도 그만 입으라고 말합니다. 그래도 겉옷을 입을 때면 꼭 이 낡은 외투가 눈에 들어와서 손이 갑니다. 오늘도 엄마의 잔소리가 시작

됩니다.

"그 옷 갖다 버린다."

협박까지 합니다. 그래도 나는 이 낡은 외투를 꺼내 입습니다. 엄마가 또 물어봅니다. 왜 만날 그 옷만 입냐고…. 그래서 나는 대답했습니다.

"엄마, 난 이 옷이 너무 편하고 좋아. 마음도 편안해지고, 진짜 좋아. 엄마처럼…."

엄마는 아무 말도 않고 나를 가만히 안아 주었습니다. 그 뒤로는 엄마의 잔소리가 없어졌습니다. 난 오늘도 이 낡은 외투를 입고 나왔습니다.

2007년 1월

아빠와 데이트

아빠랑 단 둘이서 지하철을 타고 둔산동에 있는 우리 안과에 다녀왔습니다. 아빠랑 걸으면서 학교 친구 얘기도 하고, 내 미래에 대해서도 말하고 맛있는 빵과 도넛도 사 먹고 안과에 갔습니다. 나는 안경 말고 콘택트렌즈를 끼고 싶은데 안과 선생님께서는 더 크면 바꾸라고 하셨습니다. 아빠랑 집으로 돌아오면서도 손을 꼭 잡고 지하철을 타고 지하철에서 내려 걸어왔습니다.

아빠랑 데이트할 때는 교회 봉고차보다 지하철을 타는 게 더 신이 납니다. 지하철을 타면 아빠가 운전을 안 하니까 나랑 더 많은 이야기를 할 수 있어서 좋고, 걸을 때 손을 잡거나, 업어 주기도 해서 너무 좋습니다.

길을 가면서 맛있는 것도 사 먹어서 좋고, 사고 싶은 것도 얘기만 하면 사 주십니다. 엄마는 꼭 필요한 것만 사 주는데. 그래서 나는 지하철을 타고 아빠랑 놀러 나오는 게 참 좋습니다. 오늘도 손을 꼭 잡고 걸으면서 아빠의 마음이 내 마음에 들어와 있는 걸 느꼈습니다. 아빠의 손길은 역시 따뜻합니다. 나와 함께 있는 아빠가 있어 늘 행복합니다.

2007년 1월

안경1

나는 일곱 살에 사시 수술을 받았습니다. 그래서 눈의 초점이 맞지 않아서 안경을 쓰고 다닙니다. 지금 쓰고 있는 안경도 좋긴 한데 그동안 몇 번이나 알만 바꾸어서 이번엔 안경테도 다른 걸로 바꾸고 싶었습니다. 아빠에게 몇 번 말했지만 당분간은 그냥 쓰던 거 쓰자고 해서 지금까지 이 안경을 쓰고 있습니다.

그런데 정말 굉장한 일이 생겼습니다.

엄마랑 장난을 치면서 놀다가 안경다리 하나가 부러지고 말았습니다. 엄마가 내일 아빠랑 가서 새 걸로 바꾸라고 말했습니다. 너무

너무 신이 났습니다.

　머릿속에 어떤 안경테를 고를지 상상하고 무슨 색깔로 할 건지도 다 정해 놓고 내일이 오길 기다렸습니다. 머릿속에서 너무나도 예쁜 안경들이 스쳐 갔습니다.

　드디어 기다리고 기다리던 아침이 밝았습니다. 하지만 이게 웬일입니까?

　아빠가 강력 본드로 안경다리를 붙여 놨습니다. 헉.

　접을 수도 없는 안경을 주면서 잘 붙여서 안 떨어진다고 말했습니다. 엄마는 웃느라고 말도 못하다가 눈물까지 흘립니다.

　눈앞에서 예쁜 안경들이 하나하나 사라지고 말았습니다.

　2007년 3월

안경2

　다리 하나가 부러져 강력접착제로 붙인 안경을 쓰고 학교에 갔습니다. 친구들이 보고 놀릴까 봐 감추느라 정말 힘들었습니다. 친구들이 알게 되면 무진장 쪽 팔릴 거 같아서요.

　우리 아빠는 내가 얘기하는 건 뭐든지 다 들어주는데, 이번엔 안경다리가 부러진 걸 알면서도 바꿔 주지 않아 너무너무 서운했습니다. 요즘 접착제로 붙여서 안경을 끼고 다니는 애들이 어디 있다고… 참 나.

그런데 정말 대단한 일이 벌어졌습니다. 사랑이랑 놀다가 그만 부러졌던 안경다리가 다시 부러진 거예요. 이번에는 아예 붙이지도 못할 정도로 바싹! 흐흐흐….

사실 내가 몰래 부러뜨리고 싶었지만 꾹 참았거든요. 아무리 새 안경이 갖고 싶다고 해도 부모님과 내 양심을 속이는 건 옳지 않다는 걸 알기 때문이에요. 그런데 사랑이가 내 마음을 알았나 봐요. 진짜 붙이지도 못하게 바싹 부러뜨렸거든요. 이번에는 아빠도 보시고 내일 안경점 가서 바꾸자고 하셨어요. 안 바꿔 주면 어쩌나 하면서 두근거리던 마음이 이야호, 호호호, 너무너무 신이 나고 좋았어요. 친구들에게 들키기 전에 바꿀 수 있어서 얼마나 행복한지….

드디어 아빠랑 안경점에 와서 예쁜 안경들을 보는데 다 예뻐서 망설이다가 테에 붉은색이 들어간 진짜 예쁜 안경을 골랐어요. 내 얼굴에도 잘 어울리고 참 예쁜 것 같아요.

아빠랑 손잡고 돌아오는 길에 새 안경을 끼고 바라보는 세상이 참으로 아름다웠어요. 히히히. 귀여운 내 새끼 사랑아, 고마워.

2007년 3월

안경3

6개월 전에 사랑이가 안경다리를 부러뜨려서 새로 맞췄던 빨간색 안경테가 또 부러졌습니다. 이번에도 아빠는 그 전처럼 강력 본드로 붙여 주었습니다. 그런데 그때보다 내가 조금 더 자랐다는 걸 느낄 수 있었습니다. 그 전에는 학교 친구들이 강력 본드로 붙인 걸 알아볼까 봐 조마조마했는데 이번에는 별로 신경 쓰이지 않았습니다. 다만 본드가 강하게 붙지 않아 안경다리가 많이 벌어져서 쓰고 있는 게 조금 많이 불편했습니다.

삼촌하고 식사하는데 엄마는 내 안경을 보더니 안경다리 부러져서 본드로 붙인 걸 웃으며 이야기하셨습니다. 삼촌도 웃으면서 안경을 좀 보자고 해서 조금은 창피했지만 벗어서 보여 드렸습니다. 삼촌은 내가 좋아하는 안경으로 새로 사 주겠다고 하셨습니다. 나는 괜찮다고 하면서 아직 더 쓸 수 있다고 말씀드렸습니다. 삼촌은 그래도 사 주겠다고 막무가내셨습니다.

나는 엄마에게 조용히 안경테를 바꿀 수 없다고 말했습니다. 어제 저녁에 아빠가 신경 써서 강력 본드로 붙여 준 건데 하루 만에 새 안경으로 바꾸면 아빠가 서운해 할 것 같아서 바꿀 수 없다고 말했습니다. 아빠가 새로운 안경으로 바꿔 주든지, 아니면 바꾸라고 말하면 그때 바꿔도 좋을 거라는 생각이 들었습니다. 삼촌이 서운해 할까 봐 엄마한테만 따로 조용히 말했습니다.

엄마는 조용히 나를 안아 주었습니다. 어른의 마음을 아는 귀한 하은이라면서 계속 나를 안고 있었습니다. 나는 아빠가 서운할지도 모른다는 생각에 말을 한 건데 엄마는 또 내 말에 감동받았나 봅니다. 본드로 붙인 안경 쓰는 거 친구들이 알면 창피하지 않냐고 엄마가 물어보셨습니다. 나는 그런 것 신경 쓰지 않는다고 말했습니다. 정말 신경 써야 할 중요한 건 엄마가 우리들을 잘 돌봐 주는 거라면서 엄마에게 잔소리를 했습니다.

우리 엄마는 내 잔소리를 들으면서 눈을 흘겼습니다. 내가 미워서 흘기는 게 아닙니다. 사랑해서 흘기는 눈인 걸 나는 알고 있습니다. 엄마의 눈만 봐도 엄마가 날 얼마만큼 사랑하는지 알 수 있기 때문입니다. 부러진 안경테 때문에 오늘도 참 재미있게 하루를 보냈습니다.

2007년 9월

part 3

사랑한 것 외엔
아무것도 없다

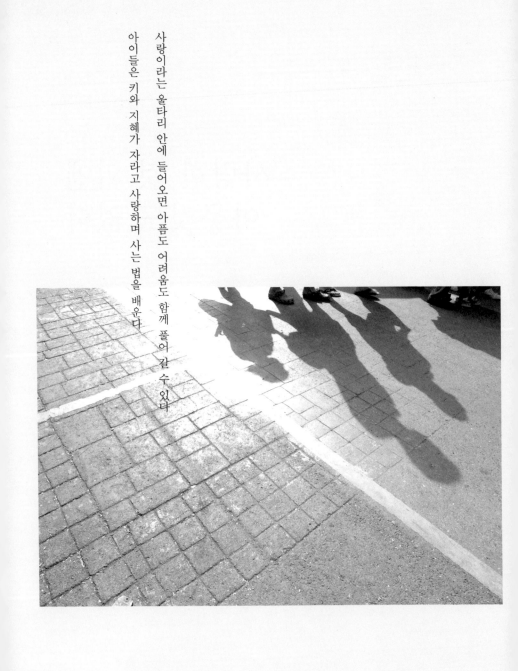

사랑이라는 울타리 안에 들어오면 아픔도 어려움도 함께 풀어 갈 수 있다

아이들은 키와 지혜가 자라고 사랑하며 사는 법을 배운다

Chapter 6

사랑이라는
울타리

나는 공부방 엄마

용두동으로 이사 온 지 얼마 안 되었을 때, 학교 앞에서 아이들 몇 명이 할일 없이 왔다 갔다 하는 것을 보았다. 갈 데가 없나 싶어 교회로 불러 같이 놀았다. 다음 날 그 아이들이 친구들까지 데려와 라면을 끓여 먹으며 더 신나게 놀았다. 그러자 다음 날 더 많은 아이들이 왔다.

아이들과 놀다 보니 공부도 가르치고 싶어서 학습지를 사서 문제를 풀게 했다. 초등학교 3학년인데도 한글을 제대로 못 읽고 간단한 산수도 못하는 아이들이 있었다. 그렇게 시작된 공부방엔 대부분 형편이 어려워 학원에 못 가거나 과외를 못 받는 아이들이 모였다. 공부방에 오면 또래 친구들과 안전하게 놀고 형이나 언니들과도 형제처럼 지낼 수 있었다. 점점 더 많은 아이들이 모여들었다.

별 뜻 없이 아이들과 그렇게 지낸 지 한 달쯤 되었을 때 교회 뒤편에 스무 명의 아이들이 앉아 있는 것을 보고 제대로 된 공간이 필요하다는 생각이 들었다. 그래서 2005년 6월, 교회 건물 4층을 임대해 사택 겸 공부방으로 리모델링했다. 그렇게 그곳으로 몰려온 소외되고 상처받은 아이들에게 나는 기꺼이 '엄마'가 되어 주었다. 우리 아이들 여섯을 제외하고도 많게는 마흔다섯 명, 적을 때는 스무 명의 아이들이 나를 '엄마'라고 불렀다.

우리 가족이 사는 용두동은 대전에서 그리 잘사는 동네가 아니다. 쪽방들이 밀집해 있고 아직도 공용 화장실을 사용하는 세대도 많다. 집값이 다른 동네에 비해 싸다 보니 조손가정이나 한부모가정 등 부모의 손길을 제대로 받지 못하고 자라는 아이들이 많다.

부모의 폭력에 상처받은 아이도 있었고, 마음의 상처로 인해 난폭한 성향을 보이는 아이도 있었다. 그렇다 보니 생각지도 못한 일들을 많이 경험했다.

어느 날 새벽 2시가 넘은 시간에 전화벨이 울렸다.

"여보세요."

"전도사님! 저 혜선이에요. 흑흑흑."

정신이 번쩍 들었다. 밖을 보니 비가 오고 있었다.

"저, 지금 공부방 아래 공중전화예요."

정신없이 1층으로 내려가 아이를 데리고 올라왔다. 아빠에게 얼마나 맞았는지 목과 귀 주변이 퍼렇게 멍들어 있었다.

"아빠가 술 취하면 나만 때려요. 엄마는 맞는 게 무서워서 벌써 도망갔어요."

울고 있는 혜선이를 가만히 안아 주는 것밖에는 해줄 게 없었다. 아이와 함께 울면서 그 밤을 보냈다. 하선이와 같은 학년이라 아침에 나란히 학교로 보낸 뒤 혜선이 아빠에게 전화를 걸어, 교회에서 만나자고 했다.

혜선이 아빠는 술에 찌든 얼굴로 교회에 들어섰다. 남편과 나는 혜선이 아빠가 세상을 비관하는 넋두리를 두 시간도 넘게 들었다. 반은 욕이요, 반은 세상이 자신을 도와주지 않는다는 불평이었다. 돈을 주면 아이도 때리지 않고 술도 마시지 않겠다고 했다. 교회도 잘 다니겠다며 시키지도 않은 약속까지 했다. 자식을 빌미로 우리 부부를 협박하는 모습을 보니 참 불쌍하단 생각이 들었다.

"백만 원만 주면 내가 일어설 수 있어요. 백만 원만 도와줘."

우리 부부는 잠깐 고민하다가 속는 셈치고 그를 도와주기로 했다. 혜선이는 공부방에서 데리고 있겠다고, 몽롱한 상태의 혜선이 아빠에게 허락을 받고 원하는 금액을 주었다. 그러나 근본적인 해결책은 아닌지라, 그 뒤에도 혜선이는 아빠의 폭력으로 공부방을 자주 찾았다. 그때마다 나는 아이를 안고 "어른이 되어 지켜 주지 못해 미안하다"는 말만 되풀이할 수밖에 없었다. 속수무책으로 가정폭력을 당하는 혜선이를 볼 때면, 나 역시 하민이에게 언어폭력을 일삼았던 전과가 있는지라 늘 미안하고 마음이 아렸다.

한번은 정화 엄마가 다급한 목소리로 전화를 했다. 공부도 잘하고 똑똑한 정화에게 무슨 일이 생겼나 싶어 가슴이 철렁했다. 공부방으로 달려온 정화 엄마는 오랜 시간 울면서 힘든 사정을 이야기했다. 나도 속이 상해 눈물이 났다. 정화 아빠 사업이 부도가 나 빚쟁이가 아이 학교까지 찾아가 돈을 갚으라며 난동을 부린 모양이었다. 정화가 그 일로 상처를 받아 학교도 안 가고 공부도 하지 않겠다고 했다는 것이다. 빚쟁이들은 도대체 자식도 안 키우느냐며, 우리는 함께 흥분했다.

"아니, 도대체 얼마를 빚졌기에 그 난리가 난 거예요?"

"300만 원이요."

"큰돈도 아닌데 아이에게 그런 상처를 주고, 정말 사람들이 왜 그런대요."

"전도사님도 형편이 어려우시겠지만 빌려 주시면 제가 벌어서 한 달에 10만 원씩이라도 꼭 갚을게요. 절대 도망가지 않을 테니 한 번만 도와주세요. 정화를 봐서라도…."

정화 엄마는 내 손을 붙잡고 도움을 청했다. 당장 사흘 후에 300만 원을 갚아야 다시 학교로 찾아가지 않겠다고 했다며, 다시 눈물을 쏟았다. 열심히 공부해서 꼭 판사가 되고 싶다던 정화의 얼굴이 떠올랐다. 꿈을 위해 열심히 공부해 전교에서 손꼽히는 모범생이 된 정화를 생각하자 정화 엄마의 간곡한 부탁을 외면할 수 없었다. 당장 가진 돈은 없지만 구해 볼 테니 계좌번호를 적어 두고 돌아가라고 다독였다.

"고맙습니다. 고맙습니다. 이 은혜는 절대 잊지 않을게요. 식당 에서 일하고 있으니까 매달 10만 원이라도 꼭 갚을게요."

어떻게든 300만 원을 만들어 줘야겠다 싶어서 하은이 앞으로 들어 둔 차세대 보험을 해약했다. 그러고도 돈이 모자라 통장에 남아 있는 천 원까지 다 찾았다. 아직 20만 원이 부족한 280만 원 을 정화 엄마 통장으로 보냈다. 300만 원을 다해 주지 못한 게 미 안해서 차마 전화도 못 걸고 휴대전화 문자로 280만 원밖에 못 보냈다는 메시지를 보냈다. 감사하다는 답이 왔다. 하지만 지금 까지 전화 한 통 없이 몇 년의 세월이 흘렀다. 공부방에 자주 오 던 정화도 그 후론 보지 못했다.

돈을 받지 못했다는 것보다 이 일을 가슴에 안고 살아갈 정화 엄마와 정화를 생각하면 마음이 아프다. 어디선가 정화가 해맑게 자라고 있길, 언젠가 돈이 아니라 그들의 웃는 얼굴을 돌려받기 만을 바랄 뿐이다.

이렇게 가슴 아픈 일도 있었지만 뿌듯한 일이 더 많았다. 공부방에서 나를 '엄마'라고 제일 먼저 불러 준 아이가 있다. 바로 순희다. 순희는 태어나자마자 부모님이 이혼해서 친할머니 손에서 자랐다. 순희 할머니 앞으로는 정부 보조금이 조금 나오지만, 순희는 아빠가 있다는 이유로 아무 도움도 받지 못했다. 몇 년 동안 옆에서 지켜보다 할머니가 키우는 가정위탁아동으로 선정되도록 서류를 넣었다. 하지만 순희 아빠가 직장에 다닌다는 이유로 기각되었다. 아빠는 같이 살지도 않고 생활에 전혀 보탬이 되지 않는 상황이라, 자세한 사연을 적어 다시 서류를 제출했다. 며칠 뒤 순희 할머니에게 연락이 왔다.

"아이고, 선상님! 고마워서 워쩐댜. 통장을 보니께 불쌍한 우리 순희, 가정위탁 수당인가 뭔가가 들어왔네. 우리 선상님이 애써 주셔서 이렇게 된 거 아닌가 몰러."

"그래요? 잘됐네요, 할머니. 이제부터 순희랑 더 행복하게 사셔야 해요."

"선상님, 정말 고맙구먼."

순희는 집에 화장실이 없어 공부방에서 미리 큰일을 보았다. 씻는 것도 불편해 더운 여름엔 집에 갈 때쯤 샤워를 하고 돌아갔다. 그런 순희에게 좀 더 좋은 환경이 열리기를 기도하던 중 다행히 좋은 제도를 찾을 수 있었다. 주택공사에는 친척과 함께 사는 위탁가정에 아이가 고등학교를 졸업하는 해까지 무상으로 전세

자금을 지원하는 제도가 있다. 나는 순희네가 최대 5천만 원까지 지원받을 수 있도록 주민센터를 통해 도와주었다. 덕분에 순희와 할머니는 아담한 빌라를 구해 이사하게 됐고 순희는 자기 방이 생겼다.

"엄마, 엄마, 내 방이 생겼어. 내 방!"

"순희야, 그렇게 좋아?"

"응, 엄마. 너무 좋아. 헤헤헤헤헤! 엄마 고마워. 할머니한테 얘기 들었어. 내 방의 침대도 엄마가 사 준거라며?"

"자슥, 우리 순희가 좋으면 엄마도 좋아. 우리 딸 이젠 날마다 웃어라."

"알았어, 엄마. 나 웃잖아."

아이의 웃음이 나의 웃음이 되었고, 아이의 행복이 나의 행복이 되었다.

세 딸과 함께 목욕탕에 갈 때면 순희도 데려가고, 소풍 때는 도시락과 간식을 내 아이들과 똑같이 챙겼다. 학교 행사에 엄마 자격으로 참석해 사진도 멋지게 찍어 주었다. 공부방에서 캠프를 할 때면 순희는 꼭 내 옆에서 잤다. 아이들도 이때만큼은 순희에게 자리를 양보했다. 나는 그런 순희를 위해 기도했다. 행복한 미소를 짓는 아이로 자라게 해 달라고, 다른 사람에게도 사랑을 전하는 사람이 되게 해 달라고.

"아이고, 선상님. 나 죽으면 야는 선상님이 키워야 혀. 야는 선상님이 엄만 줄 아니께."

　할머니의 그 말에 난 꼼짝할 수가 없다. 난 정말, 순희에게 맛난 것 먹이고 예쁜 옷 입히고 싶은 순희 엄마니까.

신데렐라 내 딸들

　공부방 아이들 때문에 울고 웃는 사이, 내 아이들도 쑥쑥 자랐다. 모든 일이 항상 내 뜻대로 좋게만 굴러가면 좋으련만, 다 욕심이요 교만일 뿐이다. 또다시 내 아이들이 나를 하나님 앞에 무릎 꿇게 했다. 공부방 아이들을 돌보느라 나는 내 아이들이 상처 받는 줄도 몰랐다. "엄마는 자식 많아 행복하겠다"는 딸들 말에 뼈가 있는 줄도 모르고 바보같이 하하, 웃기만 했다. 1층에서부터 "엄마!" 하고 부르며 한걸음에 공부방으로 뛰어 올라오는 아이들을 보며 난 정말 행복한 사람이구나, 생각했는데 정작 내 새끼들 마음은 헤아리지 못했다. 하은이가 그 마음을 터뜨리고서야 알았다.

> 우리 집은 '함께하는 공부방'입니다. 아이들이 많아지면서 내 방도 없어지고 엄마 방도 교실로 사용해 없어졌습니다. 그런데도 엄마 아빠는 다른 아이들을 더 많이 돌보느라 나와 내 동생들 마음이 아픈 줄도 모릅니다. 공부방 아이들 중엔 엄마

없는 아이들이 많습니다. 그 아이들이 다 우리 엄마를 '엄마' 라고 부릅니다. 지금은 40명가량이 우리 엄마를 '엄마'라고 부릅니다.

우리 집을 다 내준 것도 속상하고 마음이 아픈데 엄마 아빠까지 공부방 아이들에게 내주어야 했습니다. 나와 내 동생 하선이는 마음이 너무 추웠습니다. 학교에 가도 재미없고 집에 와도 엄마 는 늘 공부방 아이들을 챙기느라 우리에겐 관심이 없는 것 같았 습니다. 공부방 친구들이 내 물건을 만져서 내가 가져오면 엄마 는 내 편을 들지 않고 오히려 야단을 쳤습니다. 너무 속상해서 엄마에게 소리쳤습니다.

"엄마는 계모야! 나는 불쌍한 신데렐라라고."

"……."

그 순간 대단한 일이 벌어졌습니다. 혼날 줄 알고 잔뜩 겁먹고 있는데 엄마가 나를 안으며 우셨습니다.

"사랑하는 내 딸! 정말 미안하다. 엄마한테 속상한 게 많았구 나."

엄마는 나와 하선이에게 잘못했다며 많이 우셨습니다. 우는 엄 마를 보니 미안해지기 시작했습니다. 하선이도 울고 나도 울었 습니다. 그게 초등학교 3학년 때 일입니다.

그 뒤로 엄마가 변했습니다. 무슨 일이든 먼저 나와 꼭 상의하 고 결정합니다. 이제는 아이들이 공부방에 많이 오면 나도 엄마처럼 기쁩니다. 우리 공부방에 안 오면 진짜 갈 데가 없는 아이들이라, 여기서 놀고 밥 먹어야 안심이 됩니다. 나도 이제 엄마를 닮아 가나 봅니다.

며칠 전엔 엄마가 공부방 하는 거 싫으면 안 하겠다고 하시는 걸, 우리가 계속하라고 말해 주었습니다. 엄마에게 '엄마'라고 부르는 아이들이 이제는 진짜 내 동생 같습니다. 그리고 은영 간사님은 소리를 엄청 지르지만 우리를 너무 사랑하십니다.

어렸을 때는 엄마가 공부방 하는 게 정말 싫었지만 지금은 엄마가 자랑스럽습니다. 공부방을 통해 나누고 베풀고 섬기는 삶이야말로 가장 소중하다는 것을 배웠습니다.

하은이의 이 글은 전국지역아동센터연합회와 농협복지재단이 주최한 2008년 희망공부방 수기 대상을 받았다. 바보 엄마가 만천하에 드러나 부끄러웠지만, 부상으로 42인치 텔레비전이 배달돼 기분은 엄청 좋았다.

하은이 글에도 나오지만, 공부방 역사에 숨은 공로자가 있다. 바로 이은영 간사다. 은영 간사가 없었다면 공부방을 계속하기 힘들었을 것이다. 은영 간사는 대학 3학년 겨울방학 때부터 함께 숙식하며 지내서 그런지 직원이라기보다는 딸 같은 존재다. 2007년, 부스러기사랑나눔회에서 아동복지 교사를 센터마다 파견하는 사업에 은영 간사를 추천해 준 것이 인연이 되어, 지금까지 가족처럼 지내고 있다.

은영 간사는 아이들을 나와 같은 마음, 아니 나보다 더 선한 마음으로 돌보고 있다. 또한 내 곁에서 위로자가 되어 주었다. 내가 다른 일 때문에 밤늦게 들어오는 날이면 사랑과 격려의 편지로 나를 감동시키기도 했다.

좋은 사람과 결혼해 보금자리를 옮기기 전까지 늘 같은 공간에서 살아서 그런지 눈빛만 봐도 내가 뭘 원하는지 알 정도다. 물질이 아닌 사랑으로 맺어진 관계는 결코 헤어질 수 없음을 은영 간사를 통해 알게 되었다.

1년 정도 사비를 들여 운영하던 공부방은 2006년 7월, 지역아동센터로 바뀌면서 1년가량 구청에서 식비를 지원받아 아이들에게 예전보다 넉넉히 먹일 수 있게 되었다. 어찌나 좋던지 그저 고맙다는 말만 하고 다녔다. 그러나 그 후엔 다시 오빠와 언니, 친한 지인들의 도움을 받아 자비로 운영한다. 나라에서 주는 돈이 당연하다는 생각이 얼마나 위험한지 깨달은 뒤로 행여 괜한 오해를 사거나 우리 마음이 변질될까 봐 미련하게 고집을 피웠다.

예수님은 힘들고 어려운 사람들을 도와주라고 하셨지 국가의 도움을 받아 도와주라고 하지 않으셨다. 물질적으로 힘들지라도 다시 사도 바울처럼 자비량 공부방을 운영하기로 마음먹었다.

세상을 떠들썩하게 하는 연쇄 살인범이나 아동폭력 범죄자들을 접하면 내가 서 있는 자리가 얼마나 중요한지를 다시금 상기하게 된다.

세상에 대한 증오로 사람들을 납치해서 감금하고 태워 죽이던 조직 이야기가 가까스로 도망 나온 여자에 의해 세상에 알려지는 사건이 있었다. 여인의 증언이 없었다면 하마터면 천인공노할 범죄가 땅에 묻힐 뻔했다.

범행이 하도 무자비해서 온 세상을 발칵 뒤집어 놓았다. 지존파라 불리는 두목이 사형을 당하는 날 "나의 어린 시절에 누군가 한 사람이라도 내게 관심을 가졌어도 내가 이렇게 안 됐을 거다"란 말을 남겼다. 나는 그 말이 왠지 이 땅을 살고 있는 그리스도인들에게 주는 메시지로 들렸다.

예수님을 만난 삭개오가 재산의 절반을 떼어 가난한 이웃에게 나누어 주었듯이, 나는 과연 예수님을 만난 뒤 이웃 사랑을 얼마나 실천하고 있을까. 나 자신과 교회를 돌아보게 되었다.

생각이 거기에 미치자 나라의 지원을 받아 이웃 사랑을 실천하는 것은 누구나 할 수 있는 일이란 생각이 들었다. 그러나 자비량으로 은혜를 나누는 일은 내 안에 예수님이 계시지 않다면 감히 실천하기 힘든 일이다.

부모에게 폭행을 당하거나 방치되는 아이들에게 나는 너희를 사랑한다, 예수님은 너희를 사랑하신다고 말할 수 있으려면, 공부방이 적어도 그 아이들이 편히 쉴 수 있는 보금자리 역할을 해야 했다. 정부의 지원이 아닌 내가 한 푼 두 푼 모은 돈으로 섬겨야 그렇게 따뜻한 공간을 만들 수 있겠다 싶었다.

가진 것은 없지만 사랑이라는 울타리 안에 들어오면 아픔도 어려움도 두 손 맞잡고 풀어 나갈 수 있다. 함께하는 공부방에서 아이들은 키와 지혜가 자라고 사랑하며 사는 법을 배운다.

우리 집 다섯째, 왕까칠 요한이

남동생이 생기자 하선이, 하민이도 제법 누나 티가 났다. 사랑이가 한 식구가 되면서 비록 여유는 좀 없어졌지만 한층 안정감을 느꼈다. 그즈음 하선이가 또 시동이 걸렸다. 동생을 데려오고 싶다며 언니 하은이에게 협조를 구한 것이다. 하은이는 맏이 노릇 하기가 여간 힘든 게 아니었는지 까칠한 조건을 하나 달면서 허락해 주었다.

"너희들보다 말 잘 듣는 남동생이면 돼."

아이들의 대화를 들으면서 내 마음에도 아들을 또 하나 담고 있음을 느꼈다. 남편에게 입양 얘기를 꺼낼 때마다 반대하면 어쩌나 하는 염려가 있었다. 그런데 이번에는 남편도 순순히 동의했다.

사실 지난해 사랑이를 데리고 올 때, 쌍둥이처럼 같이 키우고 싶은 동갑내기 아이가 있었다. 사정이 있어 당분간 입양을 보내기 어렵다고 해서 포기했던 터라 늘 마음이 쓰였다. 그 아이가 입양되었는지 궁금해 여쭤 보았다.

"아직 입양되지 않았어요. 아시다시피 베트남 혼혈에 아토피도 심하고, 퇴행성 발달장애를 앓고 있어서 대소변도 가누지 못하고, 오른손 엄지손가락이 구부러지지 않아 작업 치료를 받고 있거든요. 성격도 까칠하고 예민해서 입양이 쉽지 않네요."

"그럼 우리 집 아들로 보내 주세요. 우리 아들이라는 확신이 자꾸 들어요."

더 이상 시간 끌 이유가 없었다. 전화를 끊자마자 나는 아기집으로 향했다. 하선이가 원해서 시작하긴 했지만 내 마음도 간절하게 또 한 명의 아들을 원하고 있었다.

"벌써 오셨어요? 그 많은 아이들을 다 감당하실 수 있겠어요?"

"그럼요. 할 수 있어요. 하은이, 하선이도 잘 도와주고 하은 아빠가 아이들에게 워낙 헌신적이라 전 힘든 줄도 몰라요."

우리 집 다섯째를 그렇게 집으로 데려왔다. 그리고 '요한'이라는 이름을 지어 주었다. 요한이는 처음 본 지 1년 만에 우리 아들이 된 셈이다.

요한이는 소장님 말씀대로 여간 까칠한 게 아니었다. 언제나 신경질적이고 다른 아이들과 비교될 만큼 말도 듣지 않았다.

"요한아, 엄마 좀 볼래?"

"왜요?"

"엄마 좀 보라는데 '왜요?'가 뭐야? 엄마는 잘생긴 아들 얼굴 보고 싶은데 우리 아들은 엄마 얼굴 보기 싫어?"

"아까 봤잖아요."

내가 말을 말아야지 생각하다가도, 또 까맣게 잊고 대화를 시도하게 된다.

"요한아, 사랑하는 우리 요한아!"

까칠한 아들에게 노래라도 불러 주듯이 요한이를 불렀다.

"나는 엄마 안 좋아하는데요."

진짜 할 말이 없었다. 어쩜 대놓고 싫어한다고 말을 하는지, 누구 아들인지 성격 참 대단하다는 생각이 들었다. 하지만 내가 누군가. 가만히 지고 있을 엄마겠는가. 아들이 뭐라고 하든지 나는 내가 하고 싶은 말만 했다. 엄마는 아들을 사랑한다고, 아들은 엄마 안 좋아해도 된다고, 그야말로 사랑을 구걸하게 되었다.

요한이는 생각보다 아토피가 심했다. 우리 집에 오기 전에도 병원을 수시로 다녔다고 했다. 그래서 요한이가 먹는 밥은 황톳물을 받아 따로 짓고, 가족 모두가 라면이나 과자류를 일절 입에 대지 않았다. 맏이 노릇을 곧잘 하던 하은이가 웬일로 투덜거렸다.

"엄마, 생각 좀 해 봐. 동생들 아파서 제일 피해 보는 건 나야. 하선이 아플 때는 아이스크림 먹지 말라고 해서 입에도 못 댔지, 이제 요한이가 오니까 라면도 먹지 말고, 과자도 먹지 말고, 음료수도 마시지 말라는 게 말이 되냐? 그럼 도대체 뭘 먹어야 하는데?”

“하은아, 하선이 아플 때 하은이가 먹고 싶은 것도 안 먹고 참아서 하선이가 건강해졌잖아. 이제 요한이도 누나들이랑 사랑이가 좀만 참아 주면 금방 건강해질 거야. 그때까지 조금만 참자. 할 수 있지?”

“그럼, 엄마 이렇게 하면 되잖아. 우리만 몰래 나가서 사 먹고 오면 되지. 호호호. 난 역시 머리가 좋아. 어때, 괜찮지?”

“그게 머리가 좋은 거냐? 인간성이라고는 조금도 없어요. 동생이 아픈데 어떻게 큰누나가 몰래 나가서 사 먹고 온다는 말을 하냐! 김하은, 정말 그러고 싶냐?”

“어떻게 만날 밥하고 김치만 먹고 사냐고. 엄마도 커 가는 딸내미를 생각해야지. 동생들 때문에 왜 만날 내가 희생해야 해? 내말이 틀려? 난 키가 더 커야 한단 말야.”

하은이는 이번에도 옳은 말만 했다. 이럴 때는 그냥 안고 보는게 최고였다. 눈치 빠른 하은이는 금방 내 전략을 알고는 또 한소리 했다.

“엄마는 곤란한 일만 생기면 이러더라. 알았어, 알았어. 내가 제일 큰언니인데 할 수 없지. 내가 참을게. 요한이 건강해질 때까지 먹지 말라는 건 안 먹을게. 됐지? 그러니까 이거 놔.”

애교라고는 아빠한테만 부리는 맏이가 내 품에 오래 있을 리없지. 그래도 언제나 내 편을 들어주는 게 얼마나 기특한지 모른다. 맏이는 타고난다더니 하은이를 볼 때마다 맞는 말이라는 생각이 든다. 그날부터 하은이와 하선이는 동생 요한이를 위해 인스턴트 간식은 먹지 않았다. 그렇게 좋아하는 라면과 아이스크림 먹고 싶다고 투정 한 번 부리지 않고 요한이 치료에 적극 나섰다. 우리 아이들은 햄버거 가게도, 피자 가게도 없는 동네에 사는 것처럼 잘 따라 주었다. 녹차를 마시고 나면 녹차 봉투 모으는 일은 언제나 하선이 담당이었고, 황톳물로 씻긴 후에 물 버리는 일은 하은이 담당이었다.

플라스틱이 좋지 않다고 해서 요한이가 먹는 그릇은 모두 사기 그릇으로 교체했고, 옷도 몸에 좋은 순면만 입혔으며, 속옷과 양말까지 피부에 좋은 것으로만 입혔다. 아토피는 날씨에 민감했다. 날씨가 화창하고 볕이 좋으면 괜찮다가도 흐리고 비라도 올라치면 화르르 올라와서 요한이는 무척 힘들어했다.

사랑이는 밤에 실례를 해서 가족을 애먹이더니 요한이는 밤새 긁어서 가족이 씨름하게 했다. 가족이 되어 가는 건 이렇게 하루하루 힘든 시간들을 함께 이겨 내는 것이리라.

요한이는 잠을 자다가 자주 깨어 악을 쓰며 울었다. 얼마나 심하게 우는지 온 가족을 깨웠다. 우는 요한이를 끌어안고 같이 울기도 했다. 아토피가 심해서 긁다가 피가 나서 우는 건지, 서러워서 우는 건지 알 수 없지만 자다 말고 일어나 우는 요한이가 너무 안쓰러웠다.

"엄마가 미안해. 요한이 아픈데 엄마만 쿨쿨 자서 미안해. 혼자 힘들었지? 엄마가 다 미안해. 우리 아들! 엄마가 미안해."

하루에 열두 번도 더 우는 게 아이들인데, 그때마다 나는 다 내 잘못처럼 느껴졌다. 아이들이 아프다 보니 더 그랬다. 아이들이 아파도 같이 아프지 못해서 미안했고 얼른 낫게 해주지 못해서 미안했다. 그렇게 요한이랑 밤을 꼬박 새면서 지내는 날이 많아지자, 까칠하던 요한이도 잠잘 때면 내 품으로 유순하게 들어오기 시작했다.

저녁 예배나 심방이 늦어져 아이들만 두고 외출할 일이 생기면 악을 쓰며 우는 요한이 때문에 하은이와 하선이가 곤혹스러울 때가 많았다. 그래도 그런 시간들이 켜켜이 쌓이면 요한이도 점점 누나들과 엄마 아빠를 좋아하게 되겠지, 기대를 품었다. 그래서 때때로 확인해 보곤 했다.

"요한아, 우리 가족이 모두 몇 명이야?"

요한이에게는 항상 가장 환하게 웃으며 물었다.

"몰라, 가족 없어."

눈도 마주치지 않고 딱 잘라 말하는 요한이를 볼 때마다 마음이 무너졌다. 요한이의 단단한 벽은 언제쯤 허물어질까? 나는 기다리는 건 누구보다 자신 있었다. 요한이 마음의 벽이 허물어지기를 기도하고 또 기도했다.

하민이와 사랑이가 처음 가족이 되었을 때는 한동안 집에서 가족끼리만 시간을 보냈다. 입양 전문가들은 갓난아기가 아니라 연장아를 입양하는 경우, 가족의 구성원이 되기까지 시간도 오래 걸리고 힘도 든다고 말했다.

하민이는 낯선 사람들만 오면 숨기 바빴다. 가족 앞에서는 꿍장히 밝고 장난도 잘 치고 깔깔거리며 잘 웃는 아이인데 손님 앞에서는 내 뒤로 숨느라 정신이 없었다. 사랑이는 2년 동안 어린이집도 가지 않고 늘 남편 곁을 떠나지 않았다. 그래서 그런지 가족 간의 친밀감 형성은 사랑이가 가장 빨랐다.

반면 요한이는 그 후로도 한참이나 우리 마음을 몰라줘서 애를 많이 먹였다. 우리 아이들 중 요한이가 마음을 여는 데 가장 오랜 시간이 걸린 셈이다.

Chapter 7

가슴으로
낳은
내 새끼들

우리가 다 입양했으면 좋겠어

3녀 2남. 저출산 시대에 아이들과 함께 시내를 다니면 다들 흘 깃흘깃 쳐다봤다. 나와 남편은 아이들이 하나둘 늘어날수록 어깨 가 펴지고 더 당당해졌다. 우리 부부는 그렇지 않아도 자신감이 충만했는데, 이젠 자녀들만큼 든든한 재산이 어딨냐며 아주 우쭐 거렸다.

그런 우리 부부에게 하나님은 또 다른 계획을 내미셨다. 더 비 우면서 살기를 소망하는 우리에게 정말 더 비우라며 새로운 아들 을 계획하신 것이다. 이번에도 동생 욕심만큼은 세계 제일이 아 닐까 싶은 하선이를 통해서였다. 이번에는 남편이 아닌 내가 먼저 주춤했다. 그런 엄마에게 하선이가 대뜸 한소리를 했다.

"엄마, 나는 우리가 아이들을 더 많이 입양하면 좋겠어."

"하선아, 지금도 우리는 가족이 많아. 왜 그런 생각이 들었어?"

"입양이라는 말이 없어질 때까지 우리가 다 입양하면 좋겠어."

어린 줄만 알았던 하선이의 말을 듣고 마음이 먹먹해져서 나는 아무 말도 할 수 없었다. 하선이 녀석이 이제 다 큰 것이다.

"그래? 엄마는 자신 없는데….”

"아냐, 엄마는 할 수 있어. 난 엄마를 믿어!"

나는 하선이를 가만히 안았다. 뜨거운 무엇인가가 가슴에서 올라와서 대책 없이 눈물을 쏟고 말았다. 어른들의 잘못으로 낯선 가정에 가야 하는 아이들을 생각하자 마음이 너무 아팠다. 하선이는 어른들을 탓하거나 사회를 비난하지 않고, 우리 가정이 대안이 되자고 말하고 있는 것이다. 문제는 그렇게 해결해 나가는 거구나, 하선이에게 한수 배웠다. 아이들이 스승이라더니 그 말이 꼭 맞았다.

하지만 그런 중에도 머릿속으로 핑계를 찾느라 바빴다. 아이들은 다섯이나 되고, 하민이는 언어치료를 받고 있고, 요한이는 아토피가 조금씩 좋아지고 있다지만 아직 갈 길이 먼 데다 엄지손가락 작업 치료까지 받고 있었다. 사랑이도 학교 가기 전에 안짱다리 수술을 다시 해야 했다.

하은이는 왜 자꾸 동생을 원하느냐며 도리어 하선이에게 짜증을 냈다. 사실 하은이와 하선이는 입양할 때마다 의견이 조금씩 달랐다. 처음에는 하선이가 나서서 동생을 원하지만 정작 동생이 오고 나면 돌보는 일은 오로지 하은이 몫이었다. 그렇다 보니 하은이는 돌보지도 않으면서 동생들만 원한다며 하선이한테 싫은 소리를 했다. 둘은 동생이 늘어날 때마다 한두 번씩 투닥거렸고 목소리도 제법 높아졌다. 가능하면 애들 싸움에는 끼어들지 않는 편이라 나는 지켜볼 뿐이었다.

이번에도 하선이는 언니 하은이를 데리고 방으로 들어갔다. 무슨 이야기를 어떻게 했는지는 알 수 없지만, 한참 뒤에 나온 하은이는 어느새 하선이 편이 되어 있었다.

"엄마, 하선이 말이 맞아. 동생을 데리고 오면 참 좋겠어."

"정말? 도대체 하선이랑 무슨 얘기를 한 거야?"

"엄마, 하선이가 동생을 한 명 데리고 오면 입양 아이가 한 명 줄어드는 거래. 우리가 행복하게 지내고 있는 걸 생각하면 어서 동생을 데려와서 우리 가족으로 같이 살아야 한다고 했어."

"그거야 그렇지만…."

상황은 종료되었다. 앞일은 어떻게 되든지 나는 두 아이를 가슴에 안았다. 너무 고마워서 절로 눈물이 났다. 부모로서 해준 게 하나도 없는데, 사랑한 것 외에는 아무것도 없는데, 아이들이 이토록 건강한 생각을 갖고 있다는 게 눈물 나게 고마웠다. 설득한 하선이도, 설득당한 하은이도 모두 다 내 자식이라는 게 자랑스러웠다.

이번엔 도리어 내가 하선이와 하은이에게 설득당해 아기집에 전화를 걸었다. 입양 보낼 아기가 있으면 우리 집을 먼저 생각해 달라고 부탁했다. 누구보다 하은이와 하선이를 잘 아는 분이라 보석 같은 내 딸들 이야기도 슬며시 귀띔해 주었다.

햇살 눈부시던 크리스마스

드디어 아기집 소장님한테서 전화가 왔다. 우리가 전화한 지 꼬박 두 달 뒤인 2008년 12월이었다. 친모가 친권을 포기한 다섯 살짜리 남자아이가 있다고 했다.

"아버지, 감사합니다!"

이미 우리 집 아이를 준비해 두셨음을 느끼며 너무 감사해 당장 가겠다고 말했다. 나는 이미 아들이 생겼고 이제 남편에게 얘기할 차례였다. 남편도 이번에는 나만큼이나 꽤 강경했다. 노골적으로 화를 내면서 더 이상은 안 된다고 말했다. 나는 남편에게 아이들이 오기만 하면 나보다 더 잘 놀아 주고, 아이들과 있는 걸 더 좋아하면서 왜 그렇게 반대하는지 모르겠다고 볼멘소리를 했다.

"하나님께서 올해 크리스마스 선물로 주신 우리 자식이어유. 데리고 와야 혀유."

"이제 그만합시다. 있는 아이들만이라도 잘 키워야 하잖아유."

"누가 그 말이 틀리대유. 그렇지만 우리 아들이 아기집에 있어유. 데리고 와야 하잖아유. 데리고 옵시다."

남편은 아무 말도 하지 않았다. 아무리 생각을 하고 기도를 해도 답은 하나였다. 얼굴도 본 적 없지만 이미 우리 자식이라고 생각한 이상 그 아이 역시 데려와야 했다. 그래서 남편 없이 무거운 마음을 안고 집을 나섰다. 하은이, 하선이와 함께 동생을 데리러 아기집으로 갔다. 이번에도 단번에 알아볼 수 있었다. 반짝반짝 빛나는 눈을 하고 씩씩하게 뛰어노는 아이였다. 사랑이와 요한이를 데리러 올 때는 눈에 띄지도 않더니 그날은 제일 먼저 눈에 들어왔다.

그렇게 햇살이는 우리의 여섯 번째 아들이 되었다. 햇살이의 손을 잡고 방을 나오려는데 햇살이와 동갑쯤 되어 보이는 눈이 작고 얼굴이 작은 남자아이가 내 다리를 잡았다.

"나도 데려가면 안 되요?"

아이를 쳐다보았다.

"이름이 뭐니?"

"민서예요. 조민서."

"민서야, 아줌마가 데려가고 싶다고 데려갈 수 있는 게 아니야. 내가 사무실에 가서 물어보고 올게."

사무실에 가서 민서에 대해 물어보았다. 민서는 친권 포기 각서가 없어서 입양이 안 된다고 했다.

눈이 부시게 빛나는 아들을 보자 남편은 단번에 마음을 뺏겼다. 보자마자 사랑스런 아들이라며 너무나 예뻐했다. 사랑이가 질투를 느낄 만큼 사랑해 주었다. 집으로 온 아들은 요한이를 보더니 가서 인사를 했다.

"요나야, 안녕?"

그런데 요한이는 누군지 모르겠다는 표정이었다.

"요나야, 나 석현이야."

요한이는 자신을 '요나'라고 부르며 따라다니는 막내가 부담스러웠던지 슬금슬금 피하며 도망 다녔다. 요나는 아기집에서 부른 요한이의 전 이름이었다. 석현이, 요한이, 사랑이는 나이가 같아서 아기집에서 함께 놀았던 모양이었다. 아기집에서 준 아이들의 사진첩을 보니 사랑이 사진첩에 요한이와 석현이가 있었다. 요한이 사진첩에도 사랑이와 석현이가 있었다. 다시 석현이의 사진첩을 보니 세 녀석이 다 있었다. 우리는 사진첩을 보면서 한참 웃었다.

석현이를 본 순간 밝은 햇살처럼 빛났기에 우리는 석현이 이름을 '햇살이'로 정했다.

햇살이가 오면서 우리 집은 여섯 명의 아이를 입양한 집이 되었다. 입양을 더 원하는 다른 가정들에게 좋은 선례가 되었다.

여섯 아이를 입양하는 동안 하나님께서 우리에게 한 가지 크게 깨닫게 하신 것이 있다. 하나님은 우리가 비우고 나면 반드시 다른 축복으로 채워 주신다는 것이다. 햇살이 덕분에 우리 가족은 훈훈한 겨울을 보냈다. 이 또한 햇살이가 우리 집에 와서 우리가 받은 복이었다.

"허 참, 마누래 말 듣기 잘했네유. 아이들이 많을수록 더 행복하다는 걸 알겠어유. 늘 기쁜 마음으로 찬성해 줘야 했는데 미안하고 고맙구먼유."

남편처럼 하은이도 동생 햇살이를 더없이 좋아했다. 처음 아기 집에 가서 동생을 보고 하은이가 얼마나 좋아했는지 쓴 글이 있다. '내 동생 햇살이'라는 제목이다.

엄마랑 하선이랑 아기집에 가서 동생을 보았다. 엄마가 동생에게 두 누나 중에서 누가 더 예쁘냐고 물어보았다. 내가 햇살이랑 조금 더 많이 놀아 줘서 당연히 내가 더 예쁘다고 할 줄 알았는데 말은 안 하고 하선이를 가리켰다. 하선이는 좋아서 웃는데 나는 속으로 기분이 나빴다. 엄마는 그런 걸 왜 물어 가지고. 그래도 햇살이가 나중에 우리 집에 왔을 때 더 잘해 주고 잘 놀아 주면 나를 예쁘다고 말할 거라 생각하며 잘 놀아 주었다.

하루빨리 햇살이가 집에 와서 같이 놀았으면 좋겠다. 엄마는 크리스마스에 하나님께서 너무 좋은 선물을 보내 주셨다고 감사해한다. 나도 하나님께 감사드린다.

햇살이를 사랑스럽게 바라보는 엄마를 보면서, 엄마가 처음 아

기집에 나와 하선이를 보러 왔을 때도 하나님의 너무 좋은 선물
이라고 기뻐했을 거란 걸 느낄 수 있었다.

하은이는 햇살이를 데려오면서 자신이 입양되던 당시를 상상
해 본 모양이다. 그 일이 아픔으로 남지 않아서 다행이고 감사했
다. 하지만 아기집에서 우리 집으로 온다고 해서 바로 가족이 되
는 것은 아니었다. 아이들이 자라면서 각각 신경 쓸 일이 생각보
다 많았다. 힘겨워도 그런 부분들이 채워지면서 가족으로서 더
살가워지고 끈끈해졌다.

나, 엄마 안 좋아해요

요한이는 아토피 외에도 오른쪽 엄지손가락에 장애가 있어서
작업 치료를 받았다. 일주일에 한 번씩 기독교태화복지관에 가서
구부러지지 않는 엄지손가락을 치료받았다. 1시간 정도 치료를
받다 보니 요한이는 작업 치료 선생님을 꽤 따르고 좋아했다. 그
런데 한번은 까칠한 요한이의 성격 때문에 치료 선생님이 당황한
적이 있다.
"요한이는 가족이 많아서 참 좋겠다."
"가족 없어요."
다정하게 가족 이야기를 꺼낸 선생님이 무안하든 말든, 요한이

는 너무나 냉정하게 쏘아붙였다.

"어, 그래? 가족이 없다고? 엄마도 있고, 아빠도 있고, 누나들도 있고, 동생도 있는데?"

"내 가족 아니에요. 난 아기집에서 왔어요."

우리 집에서는 익숙한 상황이지만 선생님은 얼마나 당황스러우셨을까. 하민이를 입양한 후 한동안 겪은 진통인지라 요한이 때는 담담하게 받아들이게 되었다. 요한이 스스로 이겨 내겠지, 하는 생각에 애써 가르치거나 설명해 주지도 않았다.

그러나 그 해 연말, 요한이 재롱잔치를 생각하면 지금도 얼굴이 화끈거린다. 하민이와 요한이가 다니던 유치원에서 아이들 재롱잔치를 열어 온 가족이 카메라를 들고 유치원에 갔다. 하민이와 요한이네 교실을 오가며 사진도 찍고 구경도 했다.

거의 마무리할 시간이 되어 우리 가족은 둘로 나뉘어 양쪽 반에 가 있었는데, 마침 아이들이 부모님이 있는 쪽으로 손을 뻗어 "사랑해요!" 하고 말하며 노래를 불렀다. 그런데 요한이만 선생님의 지시에도 불구하고 등을 보이고 서 있었다. 당황한 선생님이 요한이에게 상냥하게 웃으며 뒤돌아서 엄마에게 말해 보라고 했다. 그 많은 학부모들이 일제히 요한이와 나를 번갈아 보며 요한이의 다음 행동을 기다리고 있었다. 나 또한 요한이에게 눈을 떼지 못하고 손을 흔들어 주려고 기다렸다. 그런데 사건이 터졌다.

"나, 엄마 안 좋아해요."

등만 보인 게 아니었다. 뒤도 돌아보지 않고 가만히 서 있는 요한이의 한마디에 재롱잔치 분위기는 그야말로 순식간에 싸늘해졌다. 모든 부모들이 일시에 나를 쳐다봤다. 요한이를 무진장 구박하는 계모라도 보듯 표정이 싸늘했다. 그 상황을 어떻게 모면하고 나왔는지 생각도 나지 않는다.

집으로 돌아와 남편에게 당황스럽기 짝이 없던 그 사건을 설명했다. 너무 흥분해 침까지 튀었다. 동네 창피해서 이제 이 동네 못 산다고, 다들 내가 요한이를 구박하는 줄 알 거라고, 당장 이사 가야 한다고 소란을 떨었다. 정말 그러고 싶었다. 열이 오를 대로 올라서는 당장 요한이에게 달려가 혼내 주겠다고 소리소리 질렀다.

그런데 가만히 내 말을 듣고 있던 남편이 나를 보며 웃었다.

"요한이가 다섯 살에 우리 집에 와서 이제 겨우 2년 지났어유. 아픔과 상처가 많은 아이이니 더 힘들고 긴 시간이 필요할 거예유. 당신이 다 각오하고 감당하자고 해서 연장아를 입양한 거잖아유. 겨우 요한이 말 한마디를 이기지 못하남유. 당신답지 않아유."

남편은 나를 칭찬하는 것 같으면서도 결국은 훈계인 말을 길게 늘어놓았다. 나도 참고 있으니 당신도 참으라고 말하지 않고, 우리도 주님께 요한이 같은 존재라며, 사랑하면서도 사랑하지 않는다고 마음 아프게 말할 때가 많았다고 꽤 진한 설교(!)를 했다. 키만 큰 줄 알았더니, 남편은 역시 마음도 빅 사이즈였다. 남편은 내 말을 들으면서 자신의 부족한 모습이 보여 더 부끄러웠다고 말해 주어, 내가 덜 민망하도록 배려해 주는 것도 잊지 않았다.

"요한이 아직 어려유. 그리고 난 당신을 믿는구만유. 당신의 그 사랑으로 우리 요한이 틀림없이 우리 가족 구성원으로 건강하게 잘 들어올 거예유. 믿음을 가지고 지켜봅시다. 우리가 언제 사람들 시선을 생각했남유. 소신 있게 살기로 해 놓구선."

남편의 구수하고 자분자분한 말 한마디, 한마디가 나를 다독여 주었다. 내 분노와 원망이 눈 녹듯이 스르르 사라졌다. 유치원에서 당한 창피보다 지금 이 순간이 더 부끄럽고 창피했다. 상처와 아픔을 드러낸 요한이의 마음을 헤아리기보다 그런 자리에서 망신을 당했다는 생각에 열을 낸 나 자신이 너무 부끄러웠다. 너무나 고마운 남편. 제대로 표현한 적은 없지만, 내가 결혼을 잘했다는 생각이, 이 듬직한 남편 앞에 서면 하루에도 몇 번씩 들었다.

미성숙한 엄마를 용서해 달라고, 인내와 사랑의 마음을 갖게 해달라고 울며 기도하는데, 요한이가 들어왔다. 요한이를 번쩍 안고 기도하며 아이에게 말해 주었다.

"요한아! 엄마가 우리 아들, 많이 사랑해!"

나의 가장 사랑하는 아들이라고 귀에 속삭이며 기도했다. 요한이는 엄마가 왜 이러나, 하는 표정이었다. 요한이에게 용서해 달라고, 이제 더 잘하겠다고 말하는데 어찌나 눈물이 나던지 격격

거리느라 말을 제대로 할 수 없었다.

그러자 요한이도 마음이 아팠는지 같이 우는 것이 아닌가. 한참을 울어 목이 쉬고 눈까지 부었다. 우리는 콧물까지 흘리고 나서야 서로를 보며 웃었다. 마침 학교에서 돌아온 하은이가 우리 둘을 보더니 머리 위로 손가락을 돌려 댔다.

"하선아, 엄마랑 요한이 아무래도 병원에 좀 가 봐야 할 것 같아."

"왜?"

"방 안에서 둘이 울다가 웃다가 그래. 아무래도 정신이 좀 나간 것 같아."

"그래? 나도 봐야지."

하선이가 방문을 확 열었다.

"엄마, 무슨 일 있었어? 요한이랑 또 싸웠어?"

"너는 내가 만날 요한이랑 싸우는 사람으로 보이냐?"

"근데 요한이랑 이게 무슨 난리야? 언니가 엄마랑 요한이랑 정신이 이상한 것 같다고 가서 보래."

"자식들이 엄마한테 하는 말이라고는."

요한이와 나는 서로 마주 보며 누나들 몰래 씨익, 웃었다. 아이들과 함께 보내는 시간은 이렇게 울다가 웃는 일의 반복이다. 아픔과 고통의 시간들을 함께하면서 우리는 그렇게 가족이 되어 갔다. 요한이에 대한 나의 각별한 사랑을 하은이가 글로 썼다. 제목은 '내 동생 요한이'다.

내 동생 요한이를 낳아 준 분은 베트남 사람입니다. 그래서 요한이는 얼굴이 조금 외국 아이처럼 생겼습니다. 얼굴이 작고 눈이 크고 예뻐서 사람들이 하선이랑 닮았다고 합니다. 내가 봐도 많이 닮았습니다.

요한이는 하민이랑 사랑이랑은 다르게 밤에 잠을 잘 안 잡니다. 그래서 엄마도 같이 잠을 못 잡니다. 자다가 울기도 하고, 아토피가 심해 박박 긁기도 합니다. 그럴 때면 엄마는 가만히 요한이를 안고 기도해 줍니다. 하민이나 사랑이가 잘못하면 소리도 지르고 등도 무진장 아프게 때리면서 요한이한테는 잘해 줍니다.

엄마가 요한이는 신경이 예민하고 아토피가 심해서 잠도 잘 못 자고 힘들어 하니까 더 잘해 주고 사랑으로 돌봐 줘야 한다고 말했습니다. 우리랑 적응하고 잘 지낼 수 있을 때까지 자꾸 안아 주고 가족이라고 느낄 수 있도록 사랑을 많이 주어야 요한이가 잠도 잘 자고 잘 지낼 거라고도 말했습니다.

정말, 며칠이 지나니까 요한이가 잠도 잘 자고 짜증도 조금만 부리고, 아토피도 많이 좋아진 것 같습니다. 요한이는 엄마만 졸졸 따라다닙니다. 나와 내 동생 하선이가 어려서 아팠을 때도 엄마는 똑같이 우리를 안아 주고 간호해 준 게 생각납니다. 요

요한이가 멋진 미소를 날리면 행복해서 눈물이 난다

한이도 이제는 우리 가족이 된 것 같습니다. 웃는 요한이랑 엄마가 무척 닮아 보입니다.

누구보다 속을 태우던 요한이가 요즘엔 이 세상에서 가장 좋은 사람이 엄마라고 말해 준다. 멋진 미소까지 날리며 그렇게 말할 때면 행복해서 눈물이 날 지경이다. 잠을 잘 때도 혼자 자던 아이가 엄마랑 자겠다며 사랑이랑 엄마 쟁탈전을 벌이기도 한다. 가족이 몇 명이냐고 물으면 여덟 명이라고 분명하게 말하면서 가족 이야기도 제법 한다.

"엄마 아빠가 저를 가슴으로 낳았대요. 그런데 아기집에서 온 건 변함없는 사실이에요."

확실한 성격, 김요한 한마디에 우리는 또 웃고 산다.

Chapter 8

최고의
가정교육은
안아 주기

우리는 붕어빵 가족

우리 아이들의 희망이며 자랑이자 대단한 친구인 아빠가 무려
두 주 동안이나 가족 곁을 떠나게 되었다. 감리교단에서 1년에
한 번 열리는 연회에 참석하기 위해서다. 2009년 5월, 미국 볼티
모어로 떠나는 아빠를 붙잡고 아이들이 펼친 드라마는 아주 대단
했다.

하은이부터 막내 햇살이까지, 두 주나 아빠가 없으면 어떻게
하냐며 나를 붙잡고 말도 안 되는 애를 끓였다. 그토록 금이야 옥
이야 애지중지 키웠건만, 아빠만 찾는 아이들 속에서 나는 억울
하고 외롭다.

그런데 '아빠'라면 사족을 못 쓰던 하은이에게도 이변이 일어났다. 중학교 입학을 앞두고 교회 중고등부 수련회를 다녀온 뒤였다. 나름 사춘기가 시작된 모양이었다. 큰딸이 사춘기가 되고 보니, 이제 나도 속깨나 끓일 것 같아 내심 긴장이 되었다. 2박 3일의 캠프를 마치고 돌아온 하은이는 '무진장 잘생긴 중학교 3학년 오빠' 이야기에 푹 빠졌다.

"엄마, 그 오빠가 얼마나 잘생겼는지, 그냥 잘생, 잘생, 잘생이야!"

"근데 그 오빠 교회에 계속 나왔었냐?"

우리는 엄마와 딸인지, 친구 사이인지 구분이 되지 않을 정도로 수다가 심한 편이다. 드럼을 잘 치는 오빠도 있어서 열심히 드럼을 연습해서 실력을 보여 주고 싶단다. 얌전한 줄만 알았더니 양다리라도 걸칠 태세여서 웃음이 나왔다. 뒤늦게 들어온 남편에게도 '잘생이' 오빠들에 대해 한참을 떠들었다. 그러더니 갑자기 뜬금없는 소리를 해서 또 한바탕 웃었다.

"아빠! 내가 이번에 수련회에 갔다 오고 나서 깨달은 게 있는데, 세상은 넓다는 거야. 세상은 넓더라구."

이유인즉슨 하은이는 아빠가 세상에서 제일 잘생긴 줄 알았는데 아빠보다 더 잘생긴 오빠들이 많다는 걸 수련회 가서 알았다는 것이다. 너무 진지하게 말하는 하은이 머리를 쥐어박으며 나는 딸내미 키워 봐야 소용없다고 받아쳤다. '나쁜 년'이란 말까지

하며 나는 또 폭력 엄마가 되고 말았다. 이때 남편이 근사한 목소리로 말했다.

"관둬유. 이제부터 시달림 안 받아서 좋구먼유. 이제 아빠는 하은이 관심에서 끝난 거지?"

"에이, 아빠. 그건 아니지. 아빠는 내가 영원히 사랑하는 아빠지잉, 아빵, 아빵, 사랑행행행!!!"

하은이의 유일한 애교 대상은 아빠다. 아빠랑 장난치며 노는 하은이에게 우리 가족이 붙여 준 별명이 있다. '야간 또라이'. 해만 떨어지면 유난히 아빠 품속에 들어가 나오려 하지 않는다 해서 붙은 별명이다. 오죽하면 자기 아빠를 사이에 두고 아내인 나에게 시기와 질투를 일삼을까?

하은이에게 우리 가족이 물에 빠지면 누굴 먼저 구할 거냐고 유치한 질문을 한 적이 있다. 그래도 마음은 약해서 자기는 그냥 같이 물에 빠져 죽겠단다. 옆에서 듣고 있던 하선이는 "바보! 119에 신고하면 되지"라고 핀잔을 준다. 달라도 너무 다른 두 딸 때문에 배꼽 잡고 웃으며 생각했다.

'어쩜 저렇게 사이좋게 첫째는 아빠를, 둘째는 엄마를 닮았을까?'

아무리 생각해도 우리 가족은 하나님의 놀랍고 완전한 작품인 것 같다.

햇살이는 우리 집에 올 때부터 쉬를 가리지 못해 밤에 자다가 자주 이불에 지도를 그렸다. 햇살이의 지도 그리기 뒤처리는 오로지 내 몫이었다. 낑낑대며 혼자 애쓰는 내 눈치만 보고 있는 햇살이가 안쓰러워 더욱 사랑으로 보듬어 주었다. 그런데 생각보다 꽤 오랜 시간, 햇살이 이불 빨래를 해야 했다.

결국 기저귀를 채우고 재웠으나 대형 기저귀가 다 젖을 정도로 소변 양이 많아 대책이 필요했다. 햇살이 스스로 소변을 가리도록 가르쳐야 했다. 햇살이가 자는 동안 몇 시쯤에 오줌을 누는지 체크하려고, 나는 밤마다 속옷도 입히지 않고 햇살이 재운 뒤 뜬눈으로 밤을 샜다. 일주일간 지켜본 결과 자는 동안 두 번 정도 오줌을 눈다는 걸 알고 그 시간에 맞춰 햇살이를 깨워 오줌을 누게 했다. 저녁 11시 30분경과 새벽 4시에 알람을 맞춰 놓았다.

이제 기저귀를 채우지 않고 햇살이를 재우게 되어 좋다며 쿨쿨 자던 어느 밤, 햇살이가 예정보다 더 이른 시간에 쉬를 해 버렸다. 옆에서 자고 있던 하민이와 사랑이의 몸까지 오줌에 푹 젖을 만큼 시원하게 오줌을 눴다. 뒤늦게 발견해 자고 있던 아이들을 깨워서 씻기고 옷 갈아입히고 난리도 그런 난리가 없었다.

"아이고, 내 팔자야. 내가 이 나이에 오줌 싸는 아들을 키우고 있으니. 에고 지겨워. 내가 미쳤지, 미쳤어. 이제는 이불에 안 싼다고 믿은 내가 바보야. 아이고, 이 많은 빨래를 또 어떻게 하냐고."

이불을 걷어 내며 나는 길게 푸념을 늘어놓았다. 그 뒤로 잠자기 전에는 수분이 들어 있는 간식류는 절대 먹이지 않았고 햇살이도 저녁밥을 먹고 나면 간식을 일절 먹으려 하지 않았다.

한약을 먹으면 낫는다고 어른신들이 말씀해 주셔서 한약도 먹였지만 나아질 기미가 보이지 않았다. 자다가 두 번씩 깨워 쉬를 하는데도 한 달에 두세 번은 지도를 그렸다. 이틀 연달아 지도를 그리면 이불이 없어 방석을 깔고 자야 했다. 그러다 인내심이 한계에 달하면 자다 깬 아이에게 소리소리 지르며 난리를 치기도 했다. 그때마다 남편이 변함없이 인자한 얼굴로 햇살이를 씻기고, 이불을 갈아 주고, 다시 아이들을 재웠다. 남편이 자식이 여섯이 아니라 나까지 일곱이라 생각한다고 해도 할 수 없다. 그렇게라도 해야 여섯 아이를 키우며 힘들다고 남편에게 보란 듯이 기댈 수 있다. 나와는 달리 좀처럼 화를 내지 않고 끝까지 인내하는 남편을 보면 내 마음도 조금씩 누그러진다. .

사랑스런 아들 햇살이는 여전히 엄마의 인내심을 확인하려는 듯 오줌을 싼다. 처음에는 내 눈치를 보면서 아무 말도 못 하고 서 있더니 요즘은 그 예쁜 눈으로 내 기분을 곧잘 맞춘다.

"햇살아, 햇살이 때문에 엄마가 기가 막힌다. 또 오줌 쌌어?"

"엄마…."

햇살이가 두 손으로 내 얼굴을 감싸면서 일어났다.

"난 엄마가 너무 좋아. 하나님하고 엄마가 제일 좋아."

생글생글 눈웃음을 치면서 햇살이가 나를 바라봤다. 자다가 일어나도 어쩜 그렇게 초롱초롱 눈이 빛나는지.

"하나님하고 엄마가?"

"응. 하나님하고 엄마는 날 사랑하니까 난 하나님하고 엄마가 제일 좋아."

여섯 살 꼬마가 하나님까지 들먹이면서 내가 좋다고 하는데 어떻게 웃음이 안 나올까. 그 뒤로 햇살이는 지도만 그렸다 하면 똑같은 멘트를 날리며 내 기분을 맞추고 무사히 밤을 넘겼다. 햇살이 애교 덕분인지 요즘엔 내 멘트가 바뀌었다.

"햇살아, 쉬했네. 엄마가 너무 미안해. 더 빨리 깨워서 쉬하러 갈걸. 엄마가 늦어서 미안해."

"엄마, 쉬해서 미안해. 내일부터는 쉬 안 할게."

햇살이가 언젠가 그 약속을 꼭 지키리라 믿는다. 나는 햇살이 엄마니까.

나는 이제야 햇살이의 약속을 믿으려고 노력하기 시작했다. 그런데 남편은 진즉부터 믿었단다. 번번이 약속을 지키지 못하는 우리를 한결같이 믿어 주시는 하나님처럼. 남편의 말에 절로 고개가 숙여졌다. 역시 남편은 우리 집 큰 대장이 맞다. 언제나 아이들이 아빠를 먼저 찾아도 어쩔 수 없다. 남편의 품이 이렇게 크다는 걸 나도 알기 때문에.

아들 햇살이가 밤마다 이불에 지도를 그리며 가족이 되어 가는 사이, 사랑이도 가끔 실력을 발휘했다. 처음 몇 번 쉬를 가리지 못해 실수한 것 외에는 잘 가렸는데 햇살이가 온 후로 가끔 실례를 했다. 사랑이까지 합세해 빨래를 내놓으니 폭발하기 일보 직전이었다. 그런데 두 아들이 누가 먼저랄 것도 없이 너무나 사랑스러운 미소로 달려왔다.

"엄마, 사랑해!"

올망졸망 귀여운 두 아들이 달려들어 나를 꼭 안아 주는데 어떻게 꾸지람을 할 수 있겠는가.

"여섯 살 먹은 아이들 소견머리가 오십 먹은 아빠 소견머리보다 훨씬 낫네유."

"아니, 거기다 나를 왜 갖다 붙입니까? 그럼 나는 소견머리가 없다는 거유? 허 참."

"말이 그렇다는 거지유. 말이 나왔으니 말이지. 우리 꼬맹이들이 아빠보다는 한 수 위지유. 애들은 엄마 기분을 알고 행동하잖아유. 하은 아빠는 내 기분을 알고 말하남유? 늘 하나님 말씀 안에서 날 부끄럽게만 하지. 내 말이 틀리남유?"

"그려유. 내가 여섯 살 먹은 아이들만도 못 하네유. 마누래 위해 열심히 사는데 남편 배신하고 아들들이 더 좋다면야 할 수 없지유. 우리 아들들은 좋겠다."

아빠의 말을 듣고 세 딸까지 까르르 웃었다. 무슨 말인지 알 리

177

없는 어린 세 아들도 누나들이 웃으니 따라 웃었다. 철없는 엄마 아빠는 세 딸과 세 아들 덕분에 오늘도 웃으며 산다.

우리 이제 더 사랑하자

하은이와 하선이는 참 많이 다르다. 하은이가 작가 스타일이라면 하선이는 연예인 스타일이라고나 할까? 하은이, 하선이뿐이겠는가. 명랑하면서도 선생님 같은 하민이가 있고 까칠한 매력남 요한이, 천방지축 사랑이, 영감님 같은 햇살이까지 저마다 개성이 뚜렷하다. 그 개성을 잘 살리면서 조화롭게 사는 법을 가르치는 게 쉽지만은 않다. 툭하면 성질부리는 나로서는 정말 날마다 하나님 앞에 무릎 꿇고 '내 안의 나'를 죽이는 수밖에 없다. 나보다 훨씬 안정적이고 인격적인 김상훈 목사가 옆에 있으니 정말 다행이다.

여섯 가지가 삐치지 않고 한 나무로 모이는 것은 단연 아빠의 역할이 크다. 아빠는 조용히 아이들을 지켜보며 아픈 마음을 잘 달래 준다. 에너지 많은 아이들과 제대로 놀아 주는 것도 단연 아빠다.

특히 아들들과는 총이나 칼 대신 팽이나 딱지를 만들어 쥐어 주며 놀아 준다. 저녁이면 운동장에 가서 자전거를 타며 운동을 한다. 목마도 태우고 팔걸이 놀이도 한다.

"김상훈! 나는 김상훈이 너무 좋아!"

나의 막강 라이벌인 하은이는 아빠의 이름을 부른다. 큰언니가 그러니 동생들도 자연스럽게 따라 한다. 그런데도 남편은 혼내기는커녕 꼬박꼬박 존댓말까지 하며 대응한다.

"네, 말씀하세요!"

우리 가족을 잘 모르는 사람이 보면 눈이 휘둥그레질 일이다. 게다가 아이들이 '대마빡'이란 별명까지 붙여 아빠를 놀리는데도 아빠는 마냥 좋다고 웃는다. 비록 우리끼리의 소통법은 유별나지만 남들 앞에서는 꽤나 예의 바르다. 손님이 오면 유난히 떼를 쓰거나 고집을 피우는 아이들이 더러 있던데, 그런 아이들에 비하면 우리 애들은 아이답지 않다는 생각이 들 정도다.

아이들이 크면서 남편과 나는 아이들 신앙 교육에도 신경 쓰고 있다. 아들 셋이 쿨쿨 자는 아침 시간이면 세 딸은 일찍 일어나 아빠와 성경 공부를 한다. 수요일에는 모두 손잡고 예배드리러 간다. 천방지축 아들 셋도 컴퓨터나 텔레비전 앞에 넋을 잃고 앉아 있기보다는 잠깐이라도 소리 내어 성경을 읽고 기도한다. 이렇게 우리 아이들이 바른 모습으로 자란 건 한사랑교회 부설 어린이집 선생님들 덕이 크다. 그곳에서 교육을 잘 받아 더 건강하게 클 수 있었다.

한사랑교회 최병선 목사님은 하선이가 아파 병원에 입원해 있을 때도 온 교인과 함께 합심해서 하선이의 쾌유를 위해 기도해 주셨다.

사실 공개 입양이다 보니 부모로서 신경 쓰이는 게 많다. 그래서 남편과 나는 아이들을 더 반듯하게 키우려고 자나 깨나 조심한다. 가슴으로 낳았다는 것이 특권도 면죄부도 아님을 분명하게 가르친다. 잘못하면 당연히 혼내고 벌을 세운다. 호되게 혼내는 일도 더러 있다. 다만 아직은 혼낼 일보다 웃을 일이 더 많아 고마울 따름이다.

나도 물론 내 아이들이 다른 애들보다 더 똑똑했으면 싶다. 그래서 이다음에 성공적인 자녀 교육법에 대해 자랑하고 싶다.

내게도 공부하라고 아이들을 다그치던 시절이 있었다. 그러나 아이들 스스로 알아서 하도록 방향을 전환하자, 오히려 성적도 오르고 행복지수도 높아졌다. 그래서 나는 글자 하나, 숫자 하나, 공식 하나 더 가르치느라 안아 줄 시간을 낭비하는 어리석음을 저지르지 않기로 했다. 세상에 없어서는 안 되는 단 하나의 귀한 존재로서 스스로를 사랑하며 살아가도록 돕는 것을 최우선에 두기로 했다.

참 재미있게도 우리 아이들은 집에서는 투닥거리지만 밖에 나가면 형제애가 불붙는다. 한번은 하민이가 반 친구들에게 도둑으로 몰린 적이 있다. 하민이가 또래보다 작다 보니 가방 메고 다니는 걸 힘겨워해서 언니들 쓰던 카트 가방을 주었다. 언니가 둘이라 가방이 여러 개였고 하민이는 즐거운 마음으로 가방을 바꿔

가며 다녔다. 그런데 가방이 많은 걸 질투한 친구들이 하민이가 가방을 훔쳤다고 몰아세운 것이다. 아무리 아니라고 해도 들어주지 않고 심지어 떨어지라며 몸으로 밀기까지 했다고 한다.

그 얘기를 듣고 가만히 있을 언니들이 아니다. 다음 날 당장 하은이와 하선이가 하민이네 반에 달려가 사실을 말하고 친구들을 혼내 줬다. 하민이는 언니들이 있는 게 얼마나 든든할까, 생각하니 절로 기분이 좋아졌다. 기특한 내 새끼들!

대식구로 살면서 우리가 정한 독특한 규칙이 하나 있다. 바로 생일 파티다. 우리는 1년에 딱 한 번 생일 파티를 하는데, 바로 아이들 할머니 생신 때다. 대전에서 살 때 집에서 공부방을 하다 보니 우리 아이들뿐 아니라 공부방 아이들도 챙겨야 했다. 그러니 모두의 생일을 챙기려면 말 그대로 1년 내내 생일 파티만 하다가 끝날 터였다. 형편이 넉넉한 것도 아닌지라 우리는 집안에서 가장 큰 어른이신 할머니 생신 때만 파티를 열기로 했다. 강릉으로 이사온 지금도 할머니 생신 때 대전으로 가 축하를 드린다. 서운할 법도 한데 아이들은 이 생일 규칙을 잘 따르고 있다. 그래서 우리 부부 역시 자기 생일을 잊고 산다.

재미있는 것은 그렇게 생일 규칙을 정하니, 오히려 애정 표현이 더 뜨거워졌다는 점이다.

아침부터 누군가에게 집중적으로 사랑을 고백하고 뽀뽀해 주고 기도해 주는 날, 그날이 바로 그 사람의 생일이다. 우리 부부 역시 아이들의 기습적인 사랑 공세를 받고서야, 오늘이 내 생일이구나 깨닫는다. 가끔은 기특한 편지로 눈물 바람을 일으키기도 한다.

남편과 내가 어떻게 하면 부모님께 받은 은혜를 조금이라도 보답할 수 있을까 고민하듯 아이들도 마찬가지인 것 같다. 우리만 보면 까불대긴 해도 마음 깊이 사랑하는 걸 순간순간 느낀다. 저마다 까칠하고 한 성격 하니 바람 잘 날은 없지만, 오히려 그래서 더 웃을 수 있다.

날마다 파티하는 것처럼 즐겁고, 평범한 음식도 파티 음식처럼 맛있게 먹는 아이들. 그게 최고의 효도요, 애정 표현임을 나는 안다. 사랑하고 사랑받는 것, 그게 최고의 가정교육이 아닐까?

흐뭇한 마음으로 글을 쓰는데, 어느 날 하선이가 대뜸 한마디 했다.

"폭력 엄마 밑에서 둘째 딸이 잘 자랐다고 꼭 써, 엄마. 알았지?"

남들은 나더러 천사라고 치켜세우는데 아이들에게 나는 그저 폭력 엄마일 뿐이라니!

"하선아, 어디 가서 물어봐라. 중학교 1학년, 초등학교 6학년, 이렇게 다 큰 딸 머리 감겨 주는 엄마가 있는지!"

흐흐, 웃음만 날리며 사라지는 김하선. 아이고, 오늘도 이 억울한 천사 엄마가 참는 수밖에.

우리 집 아이들은 자아가 거의 형성된 후 한 식구가 되었음에도 무사히 서로 적응하고 있어 참 감사하다.

하지만 연장아를 입양하는 대부분의 가정이 겪는 고통스런 적응 과정은 우리 가정이라고 예외는 아니었다. 아이들마다 입양 당시 정서적으로 조금씩 불안정한 모습을 보여 소아 정신과 상담을 통해 미술 심리 치료와 놀이 치료를 권유받았다. 그래서 우리 아이들은 모두 1년 동안 미술 심리 치료를 받았고, 요한이는 오랜 시간 놀이 치료도 받았다.

하민이도, 순하디순한 사랑이도, 까칠이 요한이도, 햇살이도 저마다 꼭 필요한 만큼 시간이 걸렸다. 그렇게 각자 아픔과 힘든 시간을 지나서야 한 가족이 되었다.

더러 연장아를 입양한 뒤 적응 과정에서 지치고 힘들어 입양을 포기하는 가정도 있다. 이렇듯 연장아 입양이 힘들다 보니 한국입양홍보회에서 연장아 입양 부모 모임을 따로 만들었다. 같은 처지에 있는 부모끼리 서로 만나 답답한 심정을 나누며 힘을 얻으라는 의미다.

아들 셋을 연장아 입양한 우리 가정이 이렇게 무사히 한 가족을 이루게 된 것은 주변 분들의 도움과 응원 덕분이었다. 특히 아기집의 소장님과 원장님께 감사드린다. 한결같이 아기집의 모든 아이들을 따뜻한 가정으로 보내 주려고 노력하시는 소장님과 원장님을 보면 참으로 존경스럽다. 부족한 우리 가정을 전폭적으로

믿어 주신 그분들의 관심과 배려로 지금의 우리 가족이 탄생했다고 해도 과언이 아니다.

"가슴으로 낳은 내 아이들아, 사랑한다. 우리 이제 더 사랑하자. 엄마도 아빠도 예수님에게 입양되었단다. 알지? 사랑해, 내 새끼들!"

하은이의 일기

인간극장

〈인간극장〉 PD님이 오셨습니다. 엄마는 너무 잘생긴 PD님이 오셨다면서 모델보다 멋있다고 했습니다. 내 눈에는 그렇게 멋있지도 않고 우리 아빠가 더 멋있는데…. 우리 엄마는 잘생긴 남자만 보면 무진장 좋아합니다. 칭찬도 엄청 많이 합니다. 계속 촬영하자고 하는데 엄마는 안 한다고 합니다. 나는 솔직히 말하면 꼭 촬영했으면 좋겠습니다. PD님께서 촬영해 주면 원더걸스랑 소녀시대랑 만나서 사진 찍고 사인도 받아 준다고 약속했기 때문입니다.

사인을 받으면 친한 친구에게는 진짜로 사인한 걸 나눠 주고, 별로 친하지 않은 친구들에게는 복사해서 나눠 줘야겠다고 생각도 다해 놨습니다. 생각만 해도 기분이 너무 좋아졌습니다. 친구들이 모두 부러워할 텐데 엄마는 계속해서 안 된다고 합니다. 우리가 조금 더 크면 생각해 보겠다고 해서 PD님이 가셨습니다.

하선이랑 나는 꼭 찍어야 된다고 말했지만 엄마가 우리 말을 들어줄 것 같지는 않습니다. 어떻게 하면 고집 센 우리 엄마를 설득해서 인간극장을 찍을 수 있게 할지 고민 중입니다.

2008년 1월

186

오래간만에 내 홈피에 들어가 보았습니다. 친구에게서 편지가 와 있어서 보았습니다. 읽으면서 기분이 나빠졌습니다.

"하은아, TV에서 너네 집 나와서 봤어. 너 불쌍하더라. 학교 오면 내가 잘해 줄게."

생각을 많이 하고 답장을 보냈어야 했는데 바로 보냈습니다.

"난 괜찮아, 평상시처럼 대해."

방학이 끝나고 학교에 가면 친구들이 많이 얘기할 것 같아요. 엄마에게 방송 나가도 좋다고 허락해서 찍은 건데도 조금은 걱정이 됩니다. 그렇지만 나는 내가 불쌍하다고 생각해 본 적이 없어서 속상했습니다. 친구는 엄마 아빠가 이혼하고 무서운 아빠랑 사는데, 잘 웃지도 않고, 우리 엄마를 굉장히 좋아해서 나를 부러워하던 애였거든요.

그런데 내가 입양된 걸 알고 불쌍하다고 말하는 건 친구의 생각이 옳지 않다고 생각해요. 왜냐하면 나는 입양아이지만 불쌍하다고 생각해 본 적이 없거든요. 입양되어서 하나님을 알게 되고, 행복한 가정에서 살고 있는 게 감사합니다.

우리 엄마 아빠, 친척들도 모두 날 사랑해 주시고, 내가 원하는 건 다할 수 있다고 자신감도 갖게 해줍니다. 이런 가족이 있어서 기쁩니다. 입양되었다는 것만으로 불쌍하다고 생각하는 친구들에게 자신 있게 얘기해 줘야겠습니다. 날 최고로 생각하는 가족과 함께 살고 있는 나는 행복한 아이라고요.

2008년 2월

푼수 엄마

엄마는 기분 좋을 때나, 나랑 내 동생이 너무너무 사랑스러울 때마다 늘 하시는 말씀이 있습니다.

"역시 내가 자식은 잘 키웠어."

그러면 나는 바로 대꾸해 줍니다.

"엄마가 자식을 잘 키운 게 아니고 우리가 잘 큰 거, 알지도 못하면서."

그 한마디에 엄마는 입을 쑥 내밀고 삐칩니다. 내가 볼 때는 삐친 척을 하는 겁니다.

날마다 자식 자랑을 하면서 즐거워하는 게 우리 엄마의 취미입니다. 결국에는 엄마 자랑으로 마무리를 하지요. 쯧쯧, 못 말리는 공주병입니다. 공주병만 있는 게 아니라 더 심각한 것도 있습니다. 바로 성추행범이기도 합니다. 날마다 예뻐 죽겠다면서 내 온몸을 조물딱 주무르고, 내 엉덩이에 뽀뽀까지 합니다. 나의 넓은 얼굴에는 침을 잔뜩 묻히면서 뽀뽀도 합니다. 나와 내 동생들을 보면서 이렇게 행복해하는 사람이 우리 엄마입니다.

난 가끔 그런 엄마에게 '푼수'라고 말합니다. 우리랑 함께 있으면 날마다 실실 웃는 우리 엄마! 소리소리 지르면서 우릴 혼내다가도 갑자기 끌어안고 "사랑한다"고 말하는 우리 엄마! 서로 아빠 자전 거 뒤에 타겠다고 길거리에서 딸들하고 싸우는 우리 엄마! 늘 나랑 내 동생 하선이의 의견을 중요하게 생각하며 들어주려고 노력하는 우리 엄마! 풍족한 환경은 아니어도 작은 걸 나누도록 가르쳐 주는 우리 엄마! 너무 많이 웃어서 눈가에 주름이 많아 늙어 보인다고 하 선이가 구박해도 자꾸 웃는 우리 엄마! 내가 힘들 때 눈물 날 때 같 이 울면서 나를 안아 주는 우리 엄마! 나는 푼수 같은 우리 엄마가 참 좋습니다. 엄마! 사랑해~

2008년 7월

제주도 여행기

지난주일 저녁에 엄마랑 하선이랑 비행기로 제주도에 갔어요. 친 구들에게 자랑도 하고 신이 났지요. 우도에도 가고 만장굴도 가고 박물관도 가고 테디베어 전시관에도 갔어요. 이틀 동안 사진 찍고 재미있게 놀았어요.

저녁마다 아빠랑 동생들이랑 통화를 했는데 많이 보고 싶었어요. 마지막 날 가방에 옷을 넣으면서 집에 빨리 가고 싶다고 생각했어 요. 이제부터는 온 가족이 함께 여행을 하는 게 더 좋겠다고 생각했어요. 가족은 함께 있을 때가 가장 아름다운 것 같아요. 가족을 생각하니까 관광 안 하고 집에 오고 싶었어요. 하선이랑 이제는 집 떠나지 말자고 다짐하면서 집에 왔어요.

역시 집은 참 좋아요. 아빠와 내 동생들이 있는 집은 이 세상에서 가장 소중하고 포근한 곳이에요. 하선이가 자면서 아빠에게 말했어요.

"가난해도 가족과 함께 있는 게 행복한 거야."

나도 그렇게 생각했어요. 아빠가 말했어요.

"근데 하선아! 우리는 가난하지 않아, 자식이 많아 부자야."

아빠 말도 맞다고 생각했어요. 우리는 역시 행복한 가족이에요.

2008년 8월 여름방학에

날 버린 사람들은 누구지?

나는 많은 사람들에게 사랑을 받는다. 많은 사람들이 내 말에 감동을 받고 기특하다고 칭찬해 주신다. 특히 우리 엄마 아빠는 날 늘 칭찬하고 격려해 주신다. 그래서 난 사랑받고 있는 내가 너무 자랑스럽다. 이렇게 모든 사람들이 날 칭찬하고 좋아하는데 날 낳아 준 그 사람들은 왜 나와 내 동생 하선이를 버린 걸까? 나는 가끔 날 버린 사람들을 생각한다. 엄마가 속상해 할까 봐서 말은 잘 안 하는데 간혹 생각이 난다.

오늘은, 코피가 자주 나서 만년동에 있는 희망약국에 가서 상담한다고 엄마가 나를 데리고 나왔다. 삼촌이 있는 방송국이랑 가까워서 나는 삼촌에게 전화해서 같이 저녁 먹으면 안 되냐고 했다. 삼촌이 둔산동에서 만나자고 해서 삼촌이랑 저녁 먹고 얘기하면서 놀았다.

삼촌은 내가 너무 예쁘다고 하면서 나를 안아 주었다. 삼촌도 내가 무슨 말만 하면 감동하고 웃으면서 내 얘기를 너무 좋아하신다. 나를 굉장히 사랑하는 걸 눈만 봐도 알 수가 있다.

삼촌과 헤어지고 차 안에서 엄마에게 말했다. 나를 버린 사람이 삼촌 같은 사람이면 안 버렸을 거라고…. 엄마는 아무 말도 안 하고 가만히 있었다. 모든 사람들이 나를 사랑하고 나에게 잘해 주고 내가 말만 하면 좋아하는데 나를 낳아 준 사람들은 나를 왜 버렸는지 모르겠다고 말했다. 엄마는 계속해서 아무 말도 안 하고 내 말만 듣고 있었다. 그런데 엄마가 울고 있었다. 나에게 미안하다고 하면서 울고 있었다. 우리 엄마가 날 버린 것도 아닌데 그 사람들 이야기만 하면 엄마는 늘 미안해하신다. 꼭 엄마가 버린 것처럼….

내 마음에서 눈물이 나서 울고, 눈에서도 눈물이 나서 조금 울었다.

2008년 12월

191

part 4

살아가는
이 순간이 감사

엄마, 나는 우리가 아이들을 더 많이 입양하면 좋겠어

입양이라는 말이 없어질 때까지 우리가 다 입양하면 좋겠어

Chapter 9

먼저
다가가
베푸는 사랑

흘려보낼수록 더욱 깊어지는 사랑

신장을 기증한 뒤로 나는 아프다고 이불 펴고 누워 본 적이 없다. 오히려 세상을 바라보는 시야가 넓어져 늘 감사했고 내게 무언가 더 나눌 것이 없는지 두리번거렸다. 그러다 문득 눈에 들어온 것이 신체 건강한 남편이었다. 나는 바로 남편에게 다가가 작업을 걸기 시작했다. 신장을 떼 줘도 사는 데 아무 지장이 없고 오히려 건강해진다고 열변을 토한 것이다. 그런 나를 가만히 바라보던 남편이 다 안다는 듯 웃으며 말했다.

"내 신장도 기증하라고 이렇게 열을 내는 거지유?"

에고, 미안해서 할 말이 없었다.

"마누래도 하고 사는데 나도 동참해야지유."

역시 내 반쪽이요, 내 삶의 동역자요, 우리 아이들 아빠다. 아이들이 하나둘 늘어나면서 점점 호탕해지고 뚝심이 커지더니 이제 신장 하나쯤은 너끈한 모양이다. 남편의 건강한 웃음소리가 이렇게 좋을 수가 없다.

"아이들이 건강하고 예쁘게 잘 자라 주는 게 고맙고 감사하잖아유. 너무 감사해서 나도 뭔가 더 나누고 싶은데 드릴 게 없네유. 신장 기증하고 5년이 지나면 간도 기증할 수 있다는데 아직 그건 안 되고. 내 대신 하은 아빠가 감사한 마음을 나눠 주면 좋겠구먼유."

"그럼유, 해야지유. 내일이라도 장기기증본부에 가서 등록하고 옵시다. 나도 진즉 했어야 했는데 늦었네유."

남편도 나와 같은 과정을 거쳐 수혜자를 만났다. 우리 부부는 수혜자를 찾는 과정에서 이렇게 기도했다. 몸이 아파 집안에서 아빠 역할, 가장 역할, 남편 역할을 못하는 분에게 새로운 인생을 주면 좋겠다고. 아버지 한 사람이 건강해지기만 해도 가정이 회복될 수 있다는 희망에 정말 간절히 기도했다. 서울아산병원에 신장을 이식하러 가서야 우리는 기도가 응답되었음을 알았다.

남편이 신장을 이식하기 며칠 전, 신탄제일감리교회 박해범 목사님에게서 연락이 왔다. 추석을 맞아 우리 가족을 초청해 예배 드리고 싶다고 하셨다. 수술하러 가는 남편을 격려하기 위해 부르신 것을 알고 더욱 고마웠다.

아이들과 함께 신탄제일감리교회에 가서 예배를 드렸다. 정말 재미있고 따뜻하게 목회하시는 박 목사님과 성도들을 보면서 이런 자리에 함께할 수 있음에 감사했다. 그런데 예배 후에 선교비를 우리에게 주셨다. 나는 사실 그 일을 모르고 나왔는데, 남편이 감사히 선교비를 받았다고 했다.

나는 가진 게 없고 배가 고파도 다른 사람에게 도움을 잘 받지 않으려 한다. 그래서 차에 타자마자 남편에게 싫은 소리를 했다.

"나도 그러려고 했는디…."

남편은 머뭇거리더니 이내 입을 열었다.

"나랑 아이들 안경을 바꿔야 해서유. 지난번 안과 갔더니 다음에는 시력에 맞춰 안경알을 바꿔야 한대유. 하민이는 얼굴이 하도 작아서 안경을 특수 제작해야 한대유. 안경 생각에 나도 모르게 받았네유. 이해해유, 하은 엄마!"

할 말이 없었다. 나는 까맣게 모르고 있었다. 우리 가족 중에 안경을 쓰는 사람이 셋이나 있다. 남편, 하은이, 하민이. 남편은 워낙 시력이 좋은 편이 아니었고, 하은이도 눈 수술을 받은 뒤 안경을 썼으며, 하민이는 얼굴 수술을 두 번 받으면서 시력에 이상이 생겨 돋보기를 써야 했다. 그런데 내가 전혀 챙기지 못했으니 할 말이 없을 수밖에.

"안경 바꿔야 된다고 진작 말을 허지."

도리어 남편에게 성질만 냈다. 적은 금액이 아니라 말도 못 했을 게 뻔한데 괜스레 남편에게 트집을 잡았다. 가슴이 먹먹해 한동안 말을 잇지 못했다. 간신히 미리 못 챙겨서 미안하다고 입을 열었다.

"아뉴, 내가 미안하지. 목회한다고 마누래 힘들게만 허구…."

"내일은 애들이랑 안과 가서 안경 해유."

내가 돈을 준 것도 아니고, 미리 챙겨 주지도 못했는데 남편은 또 내게 고맙단다. 남편은 늘 그랬다. 집안에 어려움이 있으면 먼저 미안하다고 말할 줄 알았고, 좋은 일이나 고마운 일이 생기면 늘 '마누래 덕'이라고 했다. 멋진 옷을 입으면 마누라를 잘 만나 좋은 옷을 입는다며 좋아했고, 맛있는 음식을 먹으면 음식 솜씨 좋은 마누라랑 살아서 고맙다고 했다. 마누라 덕에 아이들을 만나고 이렇게 소중한 시간을 선물받았다고 늘 고마워했다.

문득 좀처럼 감사하지 못하는 내가 부끄러웠다. 남편은 늘 좋은 것은 마누라 덕, 나쁜 건 자신 때문이라며 나를 끔찍이 사랑해 준다. 운전대를 잡고 가는 남편 손을 슬쩍 잡고 고맙다고 말했다. 내 남편이 김상훈이라는 사실이, 그가 바로 내 옆에 있음이 감사했다.

다음 날, 남편은 하은이, 하민이와 함께 안경을 맞췄다. 우리 가정에 필요한 것을 좋은 분들을 통해 채워 주시는 하나님께 감사드렸다. 남편이 신장 기증을 하기 전에 이렇게 작은 부분까지 신경 써 주시는 하늘에 계신 내 아버지 덕분에 기운이 났다. 남편이 신장을 기증하는 과정은 그렇게 내게 새로운 깨달음을 주었다.

남편과 나는 아이들과 공부방을 고모에게 맡기고 병원으로 향했다. 남편은 아주 편안해 보였다. 모든 상황을 즐기고 있는 것 같았다.

다음 날 아침 일찍 남편은 수술실로 향했다. 나는 2년 전 친정 언니 손을 잡고 수술실에 갈 때와는 전혀 다르게 꽤 긴장했다. 수술실로 가던 중 다리에 힘이 빠져 비틀거리기도 했다. 내가 수술 받을 땐 느끼지 못한 감정이었다. 난 아무 걱정 없이 자신만만하게 들어갔는데 남은 가족은 바로 이 마음이었겠구나, 하는 생각이 들었다. 수술 동의서에 사인을 한 뒤 초조하게 기다리는 마음, 그 마음을 그제야 느꼈다. 남편은 편안한 얼굴로 수술실에 들어갔는데 남아 있는 나는 기다리는 내내 긴장하고 있었다.

여섯 시간 뒤, 남편은 내 곁으로 돌아왔다. 감사가 절로 나왔다. 수술 시간 내내 언니는 나와 같이 있어 주었고, 오빠도 수술 후 병원으로 달려왔다. 힘들고 어려운 순간마다 내 곁으로 달려와 위로해 주는 언니와 오빠가 고마웠다. 아이들 때문에 남편을 남겨 두고 대전으로 내려가는 날은 형부가 와서 남편을 간호해 주었다. 몸이 불편하신 시어머니도 아들의 모습을 보려고 부천에서 한걸음에 달려오셨다.

"잘했네, 아이구. 우리 아들… 김 목사. 애썼네. 정말 장하이."

시어머니는 연신 장하다고 말하며 아들을 대견해하셨다.

인생은 가족과 함께하는 즐거운 여행

"엄마, 동생들이 누가 진짜 가족인지 구별을 못 해. 공부방 애들을 다 가족으로 알고 있잖아. 우리 가족만 따로 여행을 가서 우리가 진짜 가족이라는 걸 가르쳐 줘야 해. 그런 의미에서 우리 놀러 가자아잉."

초등학교 5학년이던 하은이가 가족 여행을 가자며 여러 날 졸랐다.

좀처럼 아쉬운 소리를 안 하는 하은이가 콧소리까지 하며 조르니 정말 꼭 들어주고 싶었다. 여행을 마다할 이유도 없었다. 하지만 아이가 다섯이다 보니(그때는 햇살이가 오기 전이다) 쉽게 나설 수는 없었다. 바빠서 갈 수 없다고 핑계를 댔지만 속으로는 지출 규모를 따져 가며 궁리를 했다. 하지만 도무지 답이 나오질 않았다.

그런데 이번에도 하나님은 우리가 가족 여행을 갈 수 있도록 조치를 취해 놓으셨다. 우리의 적금은 언제나 하나님께 있음을 매번 확인한다.

우연히 인터넷에서 이랜드복지재단 사이트를 보았다. 사회복지인 가족을 초청하는 '리프레시 투어' 행사 일정이 올라와 있었다. 옆에 있던 하은이가 한껏 들떠서 당장 신청하자고 했다. 하지만 나는 경쟁률도 세고 방학도 아니라 아이들이 학교를 사흘씩 결석해야 하는 게 마음에 걸렸다. 여러 가지 여건이 맞지 않는다며 하은이를 설득하다 도리어 보기 좋게 내가 하은이에게 설득을 당했다. 그래서 결국 신청서를 냈다.

지성이면 감천이라 했던가. 우리 가족이 이랜드 '리프레시 투어'에 초청된 것이다. 2008년 11월, 우리 가족은 평생 잊지 못할 여행을 했다. 설악산 국립공원 쪽에 있는 호텔까지 가는 길이 너무 아름다워 산 중턱에 차를 세우고 잠시 가을 단풍을 감상하기도 했다. 하루도 엄두를 못 내던 우리 가족이 설악산에서 3박 4일을 보내게 되다니!

꿈같은 시간을 보내면서 우리는 우리만의 특별한 유대감을 형성하게 됐다. 함께 행복한 추억을 만드는 게 이래서 소중한 거구나, 싶었다. 특히 그곳에서 만난 여러 사람들을 통해 나누고 베풀고 섬기는 삶을 진지하게 생각하게 되었다. 하은이도 그러한 삶을 살게 해 달라고 기도하게 되었다.

여행에서 돌아온 뒤 하은이는 틈나는 대로 이랜드복지재단 사이트에 글을 올렸다. 처음 올린 글이 '따뜻한 글'로 당첨되어 영양제를 선물받았다. 그 뒤 본격적으로 이랜드 팬이 되더니 나중에는 기부 천사가 되기로 결심까지 했다. 하민이 병원비로 3년간 모은 자기 전 재산을 북한 어린이를 위해 기부한 것이다. 목사 아빠를 둔 덕에 들은 게 성경 말씀이다 보니, 적지만 전 재산을 드린 가난한 과부 이야기까지 하며, 우리에게 칭찬을 강요(!)했다. 설날 세뱃돈도 아프리카에 학교 짓는 단체에 책상을 사 주라며 기부했다. 하은이 나름대로 어려운 이웃을 바라보는 시야가 조금씩 넓어지고 깊어지는 것 같았다. 아프리카 선교사가 되겠다고 입버릇처럼 말하더니 진짜 선교에 동참하는 중이다.

부스러기사랑나눔회 글쓰기 응모전에서 10년 뒤 자신의 모습을 그려 '가슴뭉클상'을 받았을 때도 부상으로 받은 10만 원 상품권을 어려운 이웃에게 양보하고 싶어 했다.

"엄마, 나는 책도 많고 내가 읽고 싶은 책은 엄마랑 서점 가서 늘 읽을 수 있으니까, 이 상품권은 책을 보고 싶어도 보기 어려운 친구들에게 주고 싶어."

그 마음이 기특해서 칭찬했더니 자신은 원래 기특하다며 여유 있게 농담까지 했다. 상품권은 하은이의 뜻에 따라 이랜드복지재단으로 보냈다.

"우리 가족 여행시켜 줬잖아. 저번에 동생들 옷도 보내 줬고. 엄마가 도움을 받으면 열 배로 갚아야 한다면서."

엄마와 아빠가 하는 말을 흘려듣지 않고 옳다고 생각하면 바로 실천하니 역시 내 딸이었다. 큰언니가 이쯤 되니, 동생들도 입고 먹는 일에서 오히려 서로를 챙겨 부모로서 코끝이 찡할 때가 한두 번이 아니었다.

부모 눈에만 예쁜 아이들이 아니라 다른 사람들에게도 사랑받는 아이들이요, 먼저 사랑을 줄 줄 아는 아이들이다. 이 세상에 '사랑'이란 게 있냐고, 만약 있다면 왜 자신이 버려졌냐고 반문할 수도 있는데, 우리 아이들은 지금에 감사할 줄 안다.

예수님을 더 많이 알아 갈수록 우리 가정은 더 가난해졌다. 받은 사랑이 있다면 더 많이 나누는 게 예수님이 가르치신 이웃 사랑이란 생각이 들어서였다. 하지만 우리 가족의 사랑과 기쁨은 더 커져 갔다. 남편이 늘 강조하는 역설의 은혜를 우리 가족 모두가 체험하고 있는 것이다.

햇살이까지 한 식구가 된 후 2009년 8월에 다녀온 다둥이 기차 여행도 소중한 추억이다. 우리 집보다 아이가 배나 많은 집도 있어서 정말 놀랐다. 오랜만에 우리보다 더 시끌시끌한 가족들을 만나 재미있었다. 경주까지 내려가는 기차에서 점심도 먹고 마술도 보았다. 말도 타고, 창검술도 하면서 모처럼 몸을 움직이며 마음껏 즐겼다. 아이들이 좋아하는 프로그램이 많아 남편과 나는 그동안 미안했던 마음을 조금이나마 덜 수 있었다. 하은이가 쓴 여행기를 보면서 가족 여행이 아이들에게 얼마나 큰 자산이 되는지 새삼 느꼈다.

우리의 행복한 집으로 돌아와 여행기를 쓰는 지금, 내가 살아가는 이 순간이 정말 감사하다고 느낀다. 어렸을 적부터 엄마 아빠가 감사하면서 살아야 한다고 가르치셨는데, 지금은 누가 가

인생이란 결국 가족과
함께하는 즐거운 여행임을
아이들이 더 깊이 알아 가게 해 달라고
오늘도 기도한다.

르치지 않아도 스스로 감사하다고 생각하며 산다.

가족과 함께 사는 것도 감사, 우리를 최고로 아는 장난꾸러기 엄마 아빠에게도 감사, 우리에게 가족 여행을 시켜 준 청주방송국에도 감사, 늘 글을 쓸 수 있는 내 환경도 감사하다.

내 모든 시간이 감사하다. 감사하는 이 마음을 잊지 않고 더 많은 사랑으로 어려운 이웃에게 봉사하는 하은이가 되어야겠다.

다음에는 청주방송국에서 제주도 가는 여행에 우리 가족을 초대해 주면 참 좋겠다.

이렇게 여행을 하고 돌아오면 아이들은 어느새 한 뼘씩 자라 있다. 그때마다 아이들을 위해 더 기도하게 된다. 내 힘만으로는 아이들을 키울 수 없음을 너무 잘 알기에 하나님께 의지한다. 이웃의 눈물을 외면하는 사람이 되지 않도록, 내 이익을 위해 다른 사람을 아프게 하지 않도록, 소외된 친구에게 다가가 진정한 친구가 되도록, 꼭 필요한 하나님의 자녀가 되도록, 이웃을 위해 무언가 할 수 있는 사람으로 성장하도록….

인생이란 결국 가족과 함께하는 즐거운 여행임을 아이들이 더 깊이 알아 가게 해 달라고 오늘도 기도한다.

아이들이 느는 만큼 내 행동반경도 더 넓어진다. 특히 요한이는 내게 또 다른 세상을 알게 해줬다. 다문화 가정에 대해 관심을 갖게 된 것이다. 이다음에 요한이가 성장해서 베트남이 어떤 나라인지를 물으면 대답해 줄 지식이 있어야겠다는 게 첫 마음이었다. 다문화 가정에 어떤 도움을 줘야 할지 몰라 최학석 PD에게 연락을 했다. 그리고 한국에 온 지 15년 된 베트남 왕언니, 한국이름으로 유미연 씨를 소개받았다.

"안녕하세요. 저는 베트남계 아들을 입양해서 키우는 엄마입니다. 베트남 여성들을 위한 일을 하고 싶어서 전화했는데요."

전화기 너머로 반가운 목소리가 들려왔다.

"아, 그러세요. 제가 지금 베트남 여성들에게 한글을 지도하고 있는데 초급은 제가 가르치니, 중급 과정을 가르쳐 주실 수 있으세요?"

가르치는 데는 남다른 은사가 있던 터라 바로 승낙했다. 햄버거와 음료수를 준비해서 성남동에 있는 가정폭력상담소를 찾았다. 상담소 공간을 빌려 일주일에 한 번 한글을 배운다고 했다. 맑고 깨끗한 베트남 이주 여성들은 꼭 여동생처럼 느껴져 금세 친해졌다.

유미연 씨와 가까워지면서 상담소 밖에서도 이주 여성들을 위해 상담해 주는 일이 잦아졌다.

좋은 남편과 시부모님을 만나 행복하게 사는 사람은 그리 많지 않았다. 낯선 땅에 얼굴 한 번 본 남편을 따라와 부당한 대우를 받으며 사는 이들이 꽤 많았다. 그런데 내가 돕는 것엔 한계가 있어 늘 안타까웠다. 한글을 익히지 못했다고 업신여기고 폭력과 폭언을 일삼는 가족도 있었다. 하지만 남편에게 이혼당할까 무서워 입도 벙긋 못하고 사는 것이 많은 이주 여성들의 현실이었다.

내가 해줄 수 있는 일은 열심히 한글을 가르치는 것뿐이었다. 수시로 그녀들의 가정을 찾아가 한글을 가르쳤다. 가족끼리 서로 대화가 되지 않아 어려움을 겪는 가정들을 찾아다니며 의사소통할 수 있도록 돕다 보면 어느 땐 자정이 넘어 집으로 돌아오기도 했다.

그들은 "선생님, 선생님!" 하면서 나를 잘 따랐다. 눈물겨운 '스승의 은혜'도 들었다. 예쁜 장미 꽃다발도 받았다.

신종플루 등의 이유로 잠시 모임이 휴식기에 접어들 무렵, 나는 중구청에 무작정 전화를 했다. 이주 여성들을 위해 한글을 가르치고 싶다고 말하니 밝고 씩씩한 목소리가 대답했다.

"다문화 여성 담당의 조성례입니다."

밝은 목소리에 나도 힘을 얻어, 그간 상황을 짧게 얘기하고 용건을 말했다. 기다리기라도 한 듯이 한층 목소리가 고조되었다. 여름 방학 동안 다문화 봉사자들을 상대로 봉사 교육을 했는데,

현장 경험이 전무한 상황이라 도움이 필요하다고 했다.

모임에서 만난 봉사자들은 나의 경험담을 진지하게 들었다. 말하는 나도 듣는 봉사자들도 눈물을 흘렸다. 다들 이주 여성에 대한 마음이 각별했던지라 정기 모임과 현장 교육, 가정방문을 실시하기로 했다. 비록 진행은 더뎠지만 따뜻한 마음과 굳은 의지로 일을 진행하는 조성례 주사님을 보며 크게 도전을 받았다. 가까이 다가가 보니, 이주 여성들뿐 아니라 그들의 자녀들도 눈에 밟혔다. 생김새가 다르고 한국말이 서툴러서 위축된 아이들, 그 아이들을 위한 좋은 복지 프로그램이 하루빨리 생기길 바란다.

도움이 필요한 사람들에게 약간의 시간을 들였을 뿐인데, 하나님은 그냥 지나치는 법이 없으시다. 그 봉사는 고스란히 우리 부부와 아이들에게 배가 되어 돌아왔다.

요한, 사랑, 햇살이가 나이에 비해 발달이 늦어 늘 고민이었는데, 마침 미취학 아동들의 정서 지원을 해주는 '시소와 그네'라는 센터가 생겼다. 우리 삼형제들을 위해 설립되기라도 한듯 아이들에게 맞춤형 서비스를 지원해 주었다. 주 1회 각 가정에 방문해서 무료 예방 접종부터 아이 방 도배, 엄마와 함께하는 게임과 동물원 방문까지 다채로운 행사가 준비되어 있었다. 하은이에게 이 고마운 마음을 나누니 참으로 근사한 답이 돌아왔다.

"엄마, 매달 얼마씩 후원하면 어때?"

그야말로 굿 아이디어였다. 마침 그 해부터 학교 급식비를 지원받게 되어 그 금액만큼 후원하기로 했다. 4만 원이라는 돈이 많다 싶기도 했는데, 오히려 하은이가 단호하게 그냥 해야 한다고 타박을 줬다.

우리 형편에 매달 정기 후원하는 게 쉬운 일은 아니다. 그렇지만 하나님이 기뻐하실 것을 생각하고 또한 우리 아이들이 나누는 기쁨을 알아 갈 것을 생각하면 포기할 수 없는 즐거움이다.

하윤이의 일기

하민이 치과 다녀온 날

하민이가 저번 화요일에 입안 수술을 해서 오늘 실을 뺀다고 병원에 갔다. 아픈데도 울지 않고 잘 참았다고 의사 선생님께서 칭찬해 주셨다. 입술 수술은 열다섯 살쯤 하고, 이 교정은 이번 여름방학에 해야 할 거라고 하셨다. 그리고 앞으로 힘든 수술이 많은데 지금처럼 울지 말고 씩씩하게 이기라고 말씀해 주셨다.

내가 일곱 살에 눈 수술을 받을 때는 엄마를 붙잡고 울고 또 울었는데, 하민이는 잘 참고 의젓했다.

엄마가 집에 오는 차 안에서 하민이에게 힘든 수술을 계속하게 해서 미안하다고 말했다. 엄마 잘못도 아닌데 엄마가 미안하다고 말해서 조금 이상했다. 하선이가 아파서 병원에 입원해 있을 때도 하선이에게 미안하다고 하고⋯. 엄마는 자식들이 아프면 다 엄마가 미안한 거라고 말해 주었다. 어른들이 아이들을 지켜 주지 못해서 미안한 거라고.

엄마는 가끔 나랑 하선이랑 싸울 때는 소리소리 지르면서 나랑 동생들이 아프면 속상해서 마음 아파한다.

차 안에서 내가 엄마를 안아 주었다. 엄마 등을 토닥토닥 두들겨 주었다. 엄마랑 나랑 하민이랑 행복하게 웃었다.

2009년 5월 4일

사랑이가 없어졌다

엄마 아빠가 수요예배에 가시고 나는 동생들과 샤워를 했다. 샤워를 마치고 방에 들어와 보니 사랑이가 없었다. 햇살이가 하선이 누나 신발 신고 나갔다고 했다. 사랑이가 없어진 걸 알고 나랑 하선이가 울고 있는데 엄마 아빠가 교회에서 돌아왔다.

엄마 아빠는 사랑이를 찾으러 밖에 나갔고 나는 동생들을 데리고 있으면서 엄마에게 문자를 보냈다. 내가 동생들에게 신경을 쓰지 못해서 사랑이를 잃어버린 것 같아서 미안하다고, 꼭 사랑이를 찾아와야 한다고…. 엄마가 걱정하지 말고 기다리고 있으라고 답을 보냈다.

시간이 지나고 사랑이를 찾지 못해서 엄마가 파출소에 신고를 했다. 경찰 아저씨들도 사랑이를 찾으러 돌아다니시고 많은 분들이 동네를 뒤졌는데 사랑이는 보이지 않았다. 아빠가 공부방 구석이라도 한 번 더 찾아본다고 올라가셨다. 그랬다가 사랑이가 옷을 걸어 놓은 행거 구석에 쪼그리고 앉아서 잠을 자고 있는 걸 찾아냈다. 어두운 데다 사랑이가 너무 작아서 옷이 떨어진 것처럼 보였던 것이다. 아빠가 엄마에게 사랑이 찾았다고 전화했는데 엄마가 금방 달려와서 사랑이를 끌어안고 한참을 울었다. 사랑이도 울고 나도 울고 다 울었다.

엄마가 자식들이 많아도 한 명도 없으면 안 된다고, 한 명이라도 없으면 못 살 것 같다고 말하면서 우리들을 안아 주었다. 사랑이 없어진 사건은 두 시간 만에 끝났다. 동생들에게 더 많이 신경 써야겠다는 큰 교훈을 남기고.

우리 가족은 모두 함께 있어야 빛이 난다는 걸 깨닫게 해준 귀한 사건이었다. 엄마 아빠는 우리를 진짜 많이 사랑한다는 걸 더 깊이 알게 되었다.

2009년 7월 8일 밤중에

머리 감기

나는 아직도 엄마가 머리를 감겨 주신다. 내 커다란 머리를 세면대에 대고 있으면 엄마가 샤워기 꼭지를 머리에 대고 머리를 마사지하면서 시원하게 감겨 주신다.

엄마는 머리를 감겨 줄 때마다 빠뜨리지 않고 이렇게 말한다.

"하은이는 언제까지 엄마가 머리를 감겨 줘야 하는 거냐? 이제는 6학년이다. 친구들한테 물어봐라. 이제까지 엄마가 머리 감겨 주는 애는 아마 너밖에 없을 거다."

그러면 나는 딴말을 하든지 노래를 하든지 엄마 말을 안 듣는 척

212

한다.

그렇게 잔소리를 해도 머리를 다 감으면 꼭 드라이기로 머리를 말려 주신다. 윤기 나는 내 머리털을 이리 털고 저리 털면서 엄마의 잔소리는 이어진다. 네 할 일은 네가 해야지, 언제까지 엄마가 챙겨 주냐, 잔소리, 또 잔소리….

내가 웃으면서 "엄마, 왜 그래애~" 하면 우리 엄마는 "내가 말을 말아야지, 말이나 못 해야 밉지나 않지" 꼭 그렇게 말한다. 그러면 게임 끝이다.

엄마는 내가 머리도 못 감는 어린아이라고 생각하나 보다. 물론 혼자서 충분히 머리를 감을 수 있는 하은이지만 일부러 엄마가 머리를 감겨 주기를 바라는 내 마음을 엄마는 모를 거다.

나는 엄마가 내 머리를 만지면서 잔소리하는 게 너무 좋다. 내 머리를 두드려 주는 엄마의 손길이 너무 좋다. 수건으로 내 머리를 감싸 주면서 톡톡 때려 주는 소리가 너무 좋다. 드라이기로 내 머리를 말려 주면서 안아 주는 엄마의 품이 너무 좋다.

그래서 난 오늘도 엄마가 머리 감겨 주기를 바라며 세면대에 머리를 숙이고 가만히 있었다. 엄마의 잔소리는 계속 이어졌다.

2009년 10월

Chapter 10

우리 집은
천국 가정의
표본

용두동 내 고향

교회 개척으로 용두동으로 이사 와 아이들과 가정을 이루어 산지 5년이 될 무렵 지난 일들을 묵상해 보았다. 즐겁고 재미있는 일들만큼이나 눈물 콧물 쏙 빼게 힘들고 맘 아프던 일들도 많았다. 우리 집은 아이들의 와글거리는 소리가 끊이지 않고, 어른 아이 할 것 없이 현관문을 열어 놓고 살다 보니 소문이 자꾸 커졌다. 한갓진 동네에 사는데도 우리 가족은 주변 사람들 입에 자주 오르내렸다. 다행히 남들 앞에선 눈 하나 꿈쩍 않는 배짱을 갖고 태어나 속상하고 맘 아픈 일들은 십자가 아래 꼭꼭 묻어 놓고 다닌다. 가족은 닮는다더니 아이들도 뭐가 좋은지, 하하호호 날마다 웃고 산다.

그래서인지 언젠가부터 사람들이 찾아오기 시작했다. 지인을 통해 나를 알게 된 사람들이다. 딱히 드릴 것도 없는데 다들 와서 무거운 마음을 털어놓곤 했다.

"힘들고 어려운 일 생기면 공부방에 가서 사모님께 상의해 봐!"

내가 대체 뭐라고 이런 엄청난 소개를 하셨는지, 나로서는 고맙고 송구할 따름이다. 대개는 생활고로 힘드신 분들이다. 조손 가정이 많다 보니 어르신들이 막막한 마음에 한참 어린 나를 찾는 게다. 이야기를 들을 때마다 나는 오히려 묵묵히 손자 손녀를 먹이고 씻기고 학교 보내는 정성과 수고에 박수쳐 드리고 싶었다.

그분들을 돕고 싶어 백방으로 뛰어다니다 보니 각 동에서 주민들에게 제공하는 혜택을 빠삭하게 알게 되었다. 어르신들이 직접 이런 일을 하기 힘드시니 내가 대신 주민센터 담당 주사님과 상의해 일을 해결했다. 아무 혜택도 못 받고 어렵게 사시는 분들이 기초생활자나 위탁가정으로 선정되도록 돕는 게 내 몫이다. 나머지 일은 주민센터 직원들이 지역 주민들을 위해 서류 접수부터 지원과 혜택을 받기까지 일사천리로 처리하신다.

마치 우리가 동네를 크게 섬기려는 듯 교회를 세우고 공부방을 운영했지만 우리의 나눔만큼, 아니 그보다 더 크게 우리는 돌봄을 받았다.

시작은 아주 단순했다. 머리가 나쁘면 손발이 고생한다는 말은 나를 두고 하는 말이리라. 용두동에 이사 와 무작정 주민센터를 찾아갔다. 독거노인 명단을 받아 들고는 일주일에 한 번씩 찾아가 빨래도 하고 청소도 하고 반찬도 챙겼다. 홀로 사시는 할머니의 말벗도 해드리고 함께 목욕도 했다. 그럴 때마다 주민센터 담당 공무원들은 자신들이 할 일을 내가 한다며 고마워했다. 그때부터 서로 도우며 소외된 이웃을 돌보았다.

이금하 계장님은 주민센터에 쌀이 들어오면, 항상 먼저 공부방에 전화해 가져가라고 압력(!)을 넣으신다. 우리 공부방의 배식 담당 사령관 같은 분이다. 정부 지원을 받지 않고 공부방을 운영하는 나의 진심을 알고 오히려 용두동에 이런 공부방이 있다는 게 자랑스럽다고 말씀하시는 분이다.

나는 용두동이 좋다. 비록 다른 곳에 비하면 가난하고 가슴 아픈 사연이 많은 동네지만 용두동은 주민센터 직원들이 있어 정말 살 만한 동네다. 더구나 이곳에서 네 명의 아이를 내 친자녀로 맞이했으니 마치 고향처럼 느껴진다.

사랑은 또 다른 사랑을 낳고

정신없이 바쁜 공부방 일도, 아이들과 한판 씨름도 끝이 나면, 우리는 언제나처럼 밤 9시 30분에 이불을 편다. 온 가족이 나란히 이불을 깔고 조르르 붙어서 잠을 잔다. 동네 주민들에겐 내가 인기가 많을지 몰라도 우리 아이들에겐 여전히 남편이 최고다. 하은이, 하선이가 먼저 아빠 옆자리를 차지한다. 여전히 어린아이처럼 말이다. 그래도 다음 날 아침이면 우리 부부가 새벽 예배를 간 사이, 동생들을 씻기고 아침 준비까지 하는 기특한 녀석들이다.

잠든 아이들을 보면 정말 뿌듯하다. 과외도 시키지 않고 학원도 보내 주지 못하지만 아이들은 하루를 정말 즐겁게 보낸다. 보기엔 넉넉하지 않지만 우리 아이들은 우리가 충분히 부자라고 생각한다. 우리보다 더 도움이 필요한 사람들이 너무나 많다는 것을 익히 보아 왔기 때문이다. 이거 사 달라, 저거 먹고 싶다고 말하기보다 이 정도면 됐다고 말하는 게 더 익숙한 우리 아이들. 나와 남편뿐 아니라 주변 사람들까지 변화시키는 소중한 아이들. 우리 아이들 이야기를 시작하면 자랑할 게 너무 많아 끝이 나지 않을 정도다.

하은이는 봉사 대장이다. 엄마인 내가 자제시킬 정도로 기부와 봉사에 열심이다. 태안 기름 유출 현장에 가서 봉사도 하고, 독거 어르신들에게 도시락 배달하는 것도 나와 함께했다. 아끼던 바이올린도 아름다운가게에 기부했다. 나와 남편이 시킨 것도 아닌데 하은이 스스로 결정하고 실천한 일이다.

하선이는 입양 홍보 대사다. 엄마가 나중에 어린이복지관을 하면 그 일을 돕고 싶다고까지 한다. 하선이는 병원 생활을 자주 해서 그런지 이다음에 의사가 되고 싶어 한다. 동생들 공부 가르쳐 주는 걸 보면 희망을 가져 볼 만하다.

하은이와 하선이가 입버릇처럼 하는 말이 있다.

"나는 참 잘 큰 것 같다."

어디서 그런 자신감이 나오는지 모르겠지만 부인할 수 없는 사실이다. 하은이가 쓴 '낡은 실내화'를 읽으면서 더 그런 생각이 들었다. 신상 구두보다 빛나는 우리 집 맏딸의 기특한 마음이 우리 부부를 부자로 만들었다.

학교에서 신는 흰색 실내화 끝부분이 떨어져서 더 이상 신을 수 없게 됐다. 집에 와서 엄마에게 실내화를 신을 수 없다고 새로 사 달라고 말하자, 엄마가 저녁에 사러 나가자고 하셨다. 신발장에 신발을 올려놓는데 흰색 실내화가 눈에 띄었다. 전에 못 보던 실내화라 꺼내 봤더니 조금 낡긴 했지만 마침 내가 사려던 240짜리 실내화였다. 화장실에서 청소하는 엄마에게 실내화 안 사도 된다고 말했다. 엄마가 왜 그러냐고 물어보셔서 실내화가 신발장에 있어서 그걸 신으면 된다고 말했다.

"엄마, 있는 거 알면서 왜 사 준다고 한 거야?"

실내화가 낡기는 했어도 신을 수 있는데 새로 사 주려고 하는 엄마가 이상해서 물어보았다. 엄마는 실내화 하나도 새것으로 못 사 줄 정도는 아니라고 했다. 나는 실내화를 새로 사 준다는 엄마를 말리고 우겨서 결국 새 실내화를 사지 않았다. 엄마는 이 땅에서 가장 사랑스러운 우리 하은이라며, 나를 힘껏 안아 주셨다. 별것도 아닌 걸 가지고 괜히 감동하는 엄마를 보며, 내가 조금만 양보하면 행복이 나를 따라다닌다는 걸 알게 되었다. 낡은 실내화 하나 때문에 엄마랑 나는 더 많이 행복해졌다.

연초에 남편이 아이들 사진으로 달력을 만들었다. 가족사진이 쭉 펼쳐지는데, 우리 가족 역사가 보였다. 처음에는 네 명이었던 가족이 다섯, 여섯, 일곱, 여덟로 늘었다. 이때는 누가 아팠는데, 이때는 이런 즐거운 일이 있었지, 이때는 참 속상했어, 네가 이때 우리 식구가 되었잖아… 아이들이 사진을 보며 재잘재잘 떠든다. 아픔도 상처도 눈물도 감추지 않는 순수한 아이들. 아이들에게 배우는 가장 큰 공부는, 이처럼 숨기지 않는 마음이다. 모든 걸 마음에 담아 두려 했다면 정말 외롭고 힘든 길이었을 것이다.

아이들 덕분에 우리 부부는 남편과 아내로서뿐 아니라 부모로서, 하나님의 일을 하는 사역자로서 점점 더 성장하는 걸 느낀다. 사람을 변화시키는 건 정말이지 이념이나 철학이 아니다. 아이들의 사랑한다는 말 한마디가 내 안에 있던 분노를 사라지게 하고, 눈물을 마르게 하며, 주저앉았던 무릎을 일으켜 세워 준다. 우리 집이 그러하듯 해체된 많은 가정의 회복 열쇠는 아이들에게 있다. 아이들에게 가정을 만들어 주기만 한다면, 아이들 스스로 사랑의 전도사가 될 것이다.

두 분의 어머니께 나는 늘 사랑을 배운다. 그리고 배우고 배워도 늘 부족한 것이 사랑이고, 사랑하는 법임을 아이들을 키우면서 더욱 느낀다.

하나님께 감사하는 것 중에 나는 단연 '엄마들'을 꼽는다. 친정엄마의 사랑에서 배운 것도 모자라, 엄마 같은 시어머니를 주셨기 때문이다. 친정엄마는 내게 나누는 삶을 가르치셨다. 우리 형제들을 앉혀 놓고 "내 배가 부르면 배고픈 남의 심정을 모른다"면서 이웃의 아픔을 돌아보라고 늘 말씀하셨다. 동구에 있는 보육원과 성모의집에 늘 쌀과 물질을 보내셨고 1980년대 나라가 어지럽고 힘들던 시절에 엄마는 땅을 팔아 대동 오거리 인근에 상가를 임대해서 동네에 혼자 살고 있는 독거 어르신들을 모아 장구와 한글을 가르치셨다. 저녁때가 되어 그냥 집으로 못 보내신다며 밥을 하기 시작했고 그러다 보니 소문이 나서 대동 주변의 많은 분들이 엄마가 운영하는 독거 어르신 놀이방에 몰려오셨다.

한 달 운영비를 은행에 근무하던 오빠 월급의 일부로 사용하기도 했고, 서울에 사는 언니가 가끔 내려와 어르신들의 식사를 담당했고, 난 한글을 모르는 어르신들의 한글 교사가 되었다.

엄마는 주변의 어려운 이웃들을 벗 삼고 그들과 협력하는 우리 형제가 되기를 바라셨다. 노인 복지가 무엇인지도 모르던 그 시절에 엄마는 우리 삼남매에게 몸으로 친히 알려 주셨다. 섬김은 나의 시간과 물질을 내놓는 거라는 걸.

엄마는 그렇게 주변에 배고픈 사람을 살피느라 정작 자식들 먹이는 데는 욕심을 내지 않으셨다. 어린 마음에 나는 엄마가 우리만 돌봐 주시길, 더 사랑해 주시길 바랐다. 엄마처럼 살지 않겠다며 대들고 투정 부린 적도 많다.

그런데 지금 내 모습이 딱 친정 엄마 같으니, 하늘에서 어떤 마음으로 나를 굽어보실까. 나도 공부방 아이들을 챙기느라 맘 놓고 내 새끼 맛난 것 하나 제대로 챙겨 주지 못해 늘 미안한 마음이다. 이럴 때면 문득 친정 엄마 생각이 간절하다. 그토록 듣기 싫던 잔소리가 지금 생각하면 모두 옳은 말씀이었다. 언니네와 오빠네도 엄마가 만들어 준 마음밭 덕분인지 서로 위해 주는 마음이 끔찍하다.

남편과 내가 더 팔을 벌려 아이들에게 다가갈 수 있었던 것은 우리의 '엄마들'이 우리에게 그런 사랑 유전자를 심어 주셨기 때문인지도 모르겠다. 사랑은 사랑을 낳고, 또 다른 사랑을 낳는 위대한 일임을 날마다 확인한다.

강릉으로 길을 떠나다

2005년 6월 용두동에 함께하는교회를 개척한 지 5년쯤 되었을 때다. 남편이 힘든 시간을 보내면서 목회 방향을 잡았고, 지역 주민들에게도 좋은 평가를 받고 있었다. 처음엔 아이들이 많았는데 어른도 많아져서 전도사를 한 명 둘 수 있게 되었다.

서초성결교회 김석년 목사님을 만나 작은 교회의 작은 목자로 섬기는 인생을 알아 갈 무렵 국민일보 이태형 기자님을 만났다. 그리고 작은 교회 10곳을 소개하는 책에 우리 교회 이야기도 함께 실리게 되었다.

《배부르리라》라는 제목으로 나온 책인데, 우리와는 비교도 안 되게 훌륭한 분들이 소개되어 있다. 그 대열에 있다는 것만으로도 영광으로 안다. 늘 모진 말로 남편을 힘들게 했는데 이렇게 근사하게 소개되어도 될까, 미안했다.

아무런 소유도 없이 맡겨진 위치에서 열심히 살아가는 작은 교회 목사님과 사모님들의 이야기를 읽으면서 그동안 우리가 얼마나 배부르게 살았는지를 알았다.

그런 와중에 우리는 교회를 내려놓게 되었다. 함께하는교회를 함께 사역하던 후배 조현수 전도사에게 위임한 것이다.

감리교회 법상, 목사 안수를 받기 위해서는 개척해서 담임목사가 되거나 어른 교인 100명 이상인 교회에서 3년 동안 수련목 과정을 거쳐야 한다. 그런데 우리 교회는 어른 교인이 채 100명이 되지 않았다. 조현수 전도사가 목사가 되려면 더 큰 교회로 떠나야 할 상황이었다.

그러던 어느 날, 조현수 전도사와 은영 간사 부부가 다른 곳에 수련목으로 가지 않고 이곳 함께하는교회에서 전도사로 남겠다고 말했다. 우리 부부는 한동안 말을 할 수 없었다. 이들 젊은 부부는 목사라는 자리보다 우리와의 의리와 사랑을 선택한 것이다. 교인이 100명 될 때까지 열심히 전도하다가 여기서 수련목회자의 길을 걷고 싶다는 부부를 보면서 한편으로는 기쁘고 다른 한편으로는 부담스러웠다. 우리와 함께하겠다는 조현수 전도사를 위해 할 수 있는 일이 무엇일까. 남편과 나는 참으로 긴 시간 동안 마음을 비우고 기도했다.

그러다 기도 중에 조현수 전도사를 함께하는교회 담임으로 세우라는 마음의 소리를 들었다. 남편 역시 마찬가지였다. 우리는 그 음성에 순종하기로 마음먹었다. 지난 세월 달려온 시간들이 떠올라 울고 또 울었다.

교회가 조금씩 안정되고 교인이 늘면서 내 마음에 교회를 건축하고 싶은 생각이 가득했었다. 그래서 용두동 주변에 300평 정도 되는 땅을 혼자서 보러 다니기도 했다.

건물 상가 지하에 있는 교회는 안 된다는 편견을 깨고 싶었으나 나도 모르게 지하 교회는 안 된다는 생각을 하고 있었던 모양이다. 남편과 함께 늦게 시작한 목회를 지하 교회에서 마무리하고 싶지도 않았다. 그렇다고 큰 욕심을 낸 적은 없다. 교인 100명 정도의 아담하고 가족 같은 교회를 지어 1층은 교육관 겸 지역아동센터를 하고 2층은 예배를 드리는 동시에 지역 어르신들을 섬기고 싶었다. 하지만 지난 4년을 지나는 동안 그것 또한 작은 소망이 아님을 알았다. 그럼에도 교회를 건축하고 싶었다.

함께하는교회를 개척하고 거의 날마다 주님께 부르짖으며 기도했다. 하나님이라면 할 수 있다는 걸 잘 아니까. 평신도일 때 교회 건축을 위해 누구보다 힘쓴 것을 기억해 달라며 땅 300평만 주시기를 기도했다. 그러나 주님은 땅은 고사하고 교회를 옮길 수 있는 분위기도 안 만들어 주셨다.

"아버지, 다른 교회는 우리 교인 정도면 벌써 교회를 짓고도 남았어요. 그런데 우리는 왜 안 되는데요. 왜…?"

눈물이 나왔다. 교회를 개척하게 하시고 빈민 아동 무료 공부방을 하면서 가지고 있던 소유도 정리하게 하신 것이 원망도 되었다. '이 나이에 무슨 교회 개척을…' 하며 푸념도 했다. 그런데 멀리서 지난날 내가 주님께 올려 드린 기도가 들리기 시작했다.

'아버지, 남편이 이름뿐인 목사로 사는 거 싫어요. 누구나 다 때가 되면 목사 안수 받는 그런 목사 말구요. 예수님께서 3년 동안 살아오신 그 길을 눈곱만큼이라도 닮아서 따라가는 그런 목사로 살게 해주세요. 나중에 순교까지는 못할지언정 목사라는 직책이 부끄럽지 않게 예수님처럼 소유를 가지지 않는 오히려 무소유의 목사, 가난한 목사로 살아가게 해주세요. 오직 사도 바울처럼 세상의 것을 자랑하지 않고 자신의 약함만을 자랑하는 그런 목사가 되게 해주세요. 예수 팔아 사는 어리석은 세상 사람이 아닌 오직 예수님만 바라보는 그런 목사의 길을 걷게 해주세요.'

처음 남편이 목회자의 길을 걸을 때 주님께 함께 울면서 드린 기도였다. 어느 틈엔가 그 기도를 잊고 교회가 우상이 되어 건축하기만을 바랐던 것이다. 나의 어리석음이 깨달아져서 울며불며 용서를 구했다. 그러다 성경 말씀이 떠올랐다.

"너는 네 떡을 물 위에 던져라 여러 날 후에 도로 찾으리라"(전 11:1).

뒤의 약속의 말씀은 아랑곳 않고 오직 네 떡을 던지라는 말씀만 가슴에 콕 박혔다. 그리스도인은 내려놓는 인생이 아니라 던지는 인생임을 그때 알았다.

조현수 전도사로 인해 교회를 어떻게 해야 할지 고민하던 우리 부부는 주님께서 깨닫게 하신 마음을 그대로 실천하기로 했다. 우리의 우상이던 교회를 던져 버리기로….

한번 정하면 뒤도 돌아보지 않는 우리 부부는 곧바로 교인들의 동의를 얻은 뒤 미련 없이 교회를 나왔다.

처음엔 왜 이렇게까지 해야 하는지 우리도 당황스러웠다. 하지만 막상 실천하고 나니까 하나님의 더 큰 계획을 기대하게 되었다. 《배부르리라》에 소개된 다른 목회자들이 도전이 된 것도 사실이다. 그분들을 보면서 우리도 모든 걸 던지며 가장 낮은 자리에서 하나님의 일을 감당하고픈 소망이 생겼다. 남편과 나는 더 깊은 묵상과 기도의 시간을 가졌다.

"하나님! 우리 가정이 무엇을 하기 원하십니까? 우리를 통해 이루고자 하는 일들을 이루시기 바랍니다. 그 길이 배고프고 힘들고 험난한 길일지라도 하나님이 함께하시면 목숨까지 내놓고 따르겠습니다. 하나님! 우리 가정을 사용해 주세요."

다행히 평소 존경하던 성남동의 제자들감리교회 김동현 목사님이 남편을 부교역자로 부르셨다. 워낙 갑작스럽게 함께하는교회를 사임한지라 사실 갈 곳이 없었다. 그런 상황을 잘 아시고 다음 부르심 전까지 함께하자고 하셨다. 어려운 순간에 김 목사님처럼 좋은 멘토를 만나 정말 감사했다.

지역 사회와 함께하고자 한 소망, 그것은 교회에서만 가능한 것이 아니었다. 하나님이 인도하시는 또 다른 길에서 그 소망을 이루시리라 믿는다.

남편은 신장을 기증하고 난 뒤 사도 바울의 고백처럼 나의 약함만 자랑하자란 말을 입에 달고 살았다. 약함에서 주님을 바라보고자 했고, 약한 사람들과 함께하는 목회를 하고 싶어 했다. 그러더니 어느 날 이렇게 말했다.

"나는 병원 사역이 하고 싶네유. 병원에서 아픈 분들을 위해 기도하고 마음의 아픔을 성경 말씀을 통해 치유하고 혹시 죽어 가는 분들이 계시면 그들의 손을 잡고 위로하고 싶네유."

"병원이유? 그런데 병원은 자비량 사역 아닌감유? 교회에서 파송 보내 주지 않으면 가기가 어려운 곳인디유….”

그런데 어느 날 기적 같은 일이 일어났다. 말만 하면 들어주시는 주님으로 인해 남편은 강릉중앙감리교회의 이철 목사님을 통해 강릉 아산병원으로 파송된 것이다. 우리 부부의 우상이던 교회를 던지고 기도했더니 하나님은 남편이 원하던 곳으로 자리를 옮겨 주셨다. 그렇게 해서 여섯 명의 아이들과 우리 부부는 여행으로도 와 보지 않던 강릉으로 이사 가게 되었다.

그런데 문제는 공부방 아이들이었다. 차마 엄마가 강릉으로 이사 가게 되었으니 너희들은 다른 곳으로 가야 한다는 말을 할 수가 없었다. 아이들에게 공부방은 이미 또 다른 집이었던 것이다.

공부방은 정부의 지원을 받지 않는 까닭에 따로 교사를 채용할 수 없었다. 혼자서 아이들 공부도 봐 주고 밥도 해 먹이고, 집이 먼 아이들은 집까지 데려다 주면서 그 아이들의 엄마로 6년을 살았다. 우리 공부방이 무료로 운영되는 줄 안 옥기윤, 김숙정 집사 부부가 1년 동안만 후원하기로 하고 매달 50만 원을 후원했는데, 이제 4월이 되면 그 후원금도 끊어질 것이다.

공부방 아이들을 어떻게 해야 할지 고민이 깊어졌다. 가족회의가 열렸다.

"하은 엄마, 그냥 편안하게 생각해유.”

"이게 어떻게 편안하게 생각할 일인감유. 공부방 아이들은유?”

"엄마, 그럼 둘로 나눠. 아빠 따라 강릉 갈 팀. 엄마 따라 남을 팀. 난 당연 아빠 따라 강릉 가지만."

하선이의 말에 아이들이 슬금슬금 아빠 주변으로 모여들었다. 분위기 보느라 가만있는 아이는 하은이와 요한이뿐이었다.

"요한아 너는? 빨랑 결정해. 엄마 성격으로 봐선 엄만 이사 안 가고 남는다고 할 것 같아. 너는 우리 따라 강릉 안 갈 거야?"

눈치 빠르고 영리한 하선이로 인해 어떻게 할 건지가 결정이 나 버렸다,

"하은 아빠, 1년만 우리 주말 부부 합시다. 아무리 생각해도 아이들을 두고 갈 수가 없어유. 그 사이에 내가 여길 어떻게 해볼 테니깐 1년만 우리 고생합시다."

"허허허허. 나야 마누래가 하자는 대로 하지유. 그런데 강릉과 여기는 거리가….."

"할 수 있겠지유. 그 정도도 감수 못 하겠남유. 그럼 하은이와 요한이는 엄마랑 남고 너희들은 다 아빠 따라 올라가라. 이 배신 자 하선아!"

"엄마 너무 서운해 하지 마. 인생이 다 그런 거잖아. 그래도 내 말로 다 결정 났잖아. 오히려 나한테 고마워해야지, 안 그래?"

"그래, 니 말이 맞다. 참 나."

"엄마, 난 엄마랑 남는 게 더 좋아. 강릉 가면 새로운 친구들을 사귀어야 하는데 내 성격에 그 애들이랑 친해지려면 시간이 꽤

걸릴 거야. 여기서 중학교 졸업하고 고등학교는 강릉으로 갈게. 그게 좋겠어."

"그래, 하은아. 우리 그렇게 결정하자."

"응, 엄마. 그런데 난 꼭 외국에 나가서 공부할 것 같아, 히히히."

"우와, 우리 하은이가 이제 작정하고 기도하나 보네. 그래 울 딸, 엄마도 울 딸 위해 더욱 기도할게. 분명 하나님께서 하은이의 길을 미리 준비하고 계실 거야. 엄마는 믿어."

"응, 엄마."

그렇게 해서 우리 가족은 아빠를 따라 하선, 하민, 사랑, 햇살이가 강릉으로 떠났고 하은이와 요한이는 나와 함께 대전에 남게 되었다. 일주일에 5일은 공부방 아이들이 있는 대전에서, 나머지 이틀은 사랑하는 가족이 있는 강릉에서 보내다 보니 일주일이 눈 깜짝할 새에 지나가 버렸다. 눈 한 번 깜빡하면 한 달이 지나가곤 했다.

그러는 사이 하은이는 미국 하나님의학교 신정하 이사장님께 편지를 보냈다. 아프리카 선교사를 꿈꾸며 기도하는 대한민국의 중2 학생이라며 하나님의학교에서 꼭 장학생으로 공부하고 싶다는 내용이었다. 국민일보 이태형 소장님이 편지를 보내 줬다.

하은이와 나는 새벽마다 손을 잡고 기도했고 한 달 뒤에 답장이 왔다. 새롭게 시작되는 9월부터 60개월 동안 하은이를 전액 장학생으로 초청한다는 내용이었다. 하은이와 나는 부둥켜안고 울면서 주님께 감사했다.

하은이가 즐거운 마음으로 미국으로 들어갈 준비를 할 즈음 강릉중앙감리교회 교회학교 선생님한테서 전화가 왔다.

"선생님, 안녕하세요?"

"사모님, 제가 이런 전화를 드리는 게 맞는지…."

"무슨 말씀이신데요."

"저… 사랑이가 예배에 집중도 안 하고 목사님이 설교하는데 벌러덩 눕고… 아무래도 목사님만 계시니까 아이들이 말을 잘 안 듣는 것 같아요. 대전도 좋지만 아이들을 생각해서라도…."

선생님과 전화 통화를 한 뒤 남편과 상의했다.

"난 애들이 재미있어 하면서 잘 지내는 줄 알았어유. 어떻게 된 거래유?"

"허 참. 나도 뭐라 말을 못 하겠네유. 사랑이가 얼마 전부터 학교도 가기 싫다 하고, 교회도 가기 싫다 하고 아빠 병원에 따라가고 싶다고 해서 일시적으로 그러는 거겠거니 했쥬."

"곧 하은이도 미국에 가게 되니 우리도 강릉으로 가야겠쥬. 결단을 내릴 때가 된 것 같은데…."

"무슨 방법이라도 있남유."

"대전 고모랑 얘기 좀 해 볼라구유. 그리고 아이들 학교도 알아보자구유. 아이들한텐 아직 사랑과 관심이 중요한 것 같아유. 특히 우리 아이들한텐."

"그리유, 내가 알아볼께유."

"힘든 줄은 알지만 우리 아이들에게 더 신경 씁시다."

"그래야쥬. 내가 미안하네유."

"아니, 하은 아빠가 왜 미안해. 내가 미안한 거지."

"아녀유. 내가 미안하고 마누래한테 고맙지유."

남편은 늘 이랬다. 대화를 하다 보면 늘 미안하고 또 고맙다 했다.

"하은 아빠는 대화가 미안하다 고맙다만 있남유."

"아뉴 또 있어유."

"그게 뭔데…?"

"사랑해유. 하하하하하."

"허 참, 호호호호호호."

미안하다, 고맙다, 사랑한다, 이 세 마디만 잘하는 사람이 내 남편 김상훈이다.

기적의 주인공, 김요한

남편에겐 여동생이고 아이들에겐 고모이며 내겐 시누이이자 나의 동갑내기 친구인 김오기. 그녀는 건강이 좋지 않은 시어머니와 함께 공부방 옆에서 살고 있었다. 남편이 아이들을 데리고 강릉으로 올라가자 고모도 나름대로 고민이 깊었던 모양이다. 다니는 직장을 그만두고 공부방을 떠맡아 운영해서 남은 식구도 강릉으로 가라고 하는 게 옳지 않을까 갈등했던 것이다.

"고모, 고모가 직장을 그만두고 공부방을 맡아 주면 안 될까? 누구보다 공부방 아이들을 잘 아는 데다 내가 왜 공부방을 하게 되었는지 잘 아니까 고모만 한 적임자가 없어."

"나도 금요일 저녁때면 강릉으로 가는 언니를 보는 게 마음이 불편했어. 엄마와 떨어져 지내는 강릉에 있는 애들도 마음에 걸리고…."

"그러니까 어렵겠지만 고모가 맡아 줘. 내년부터 지원금을 받아서 교사도 채용하면 좀 낫지 않을까 하는데…. 나는 무엇보다 아이들을 위한 공부방을 하는 사람을 원해."

"언니 마음 누구보다 알지. 집까지 팔아서 운영한 곳인데…. 나도 고민이 많았어. 하은이도 미국에 들어가는데…. 내가 언제부터 공부방 맡으면 좋겠어?"

"진짜 고마워, 고모. 그런데 올해까지는 월급이 없어… 고모도 알지?… 내년부터… 가능…."

"알아. 올해는 봉사활동이라고 생각할게. 언니, 편안하게 강릉으로 올라가."

"진짜 고맙다, 고모. 정말 고마워."

요한이와 하은이 그리고 나는 고모의 배려로 여름 방학부터 강릉으로 올라올 수 있었다. 하은이는 뉴욕행 비행기에 몸을 싣고 날아가 버렸고 우리 가족은 8개월 만에 함께 살게 되었다. 요한이는 몸은 건강해졌지만 아직 자기만의 세계에서 나오려 하지 않았다. 혼자 노는 걸 더 좋아했고 공부는 전혀 하지 않았으며 공상을 즐겼다. 그래도 나아지고 있는 것 같아서 더 이상 요구하거나 강요하지 않았다. 오히려 김요한이란 이름 석자 쓰는 것만도 기적이라고, 한글을 몰라도 세상 살아가는 데 아무 지장이 없다고, 그래도 우리 아들 똑똑하다고 치켜세웠다.

강릉 식구들과 합류하면서 사랑, 햇살, 요한이를 모두 정금자 교장 선생님이 계시는 임곡초등학교로 전학시켰다. 학교는 작지만 학생들을 위한 알찬 프로그램이 있었고, 시골 학교의 특성을 살려 교정에 닭장을 만들어 닭과 토끼를 키우고 있었다.

공부방을 고모한테만 맡겨 둘 수 없어서 더러 대전에 가 있으면 교장 선생님이 안심하라며 아이들이 수업을 듣는 모습이나 친구들과 어울려 노는 모습을 동영상으로 찍어 보내 주셨다.

교장 선생님은 우리 아이들을 당신의 차에 태우고 등하교를 책임져 주시면서 아이들과 특히 요한이와 자연스럽게 가까이 지내는 계기를 만들어 가셨다.

아침이면 요한이는 교장 선생님의 차를 타고 싶어 일찍 일어나 준비를 하였다.

"요한아, 피곤하지 않아? 좀 더 자."

"아니야, 엄마. 교장 선생님이 기다리셔."

"요한아, 아직 시간 무진장 많이 남았어."

"그래."

남편도 한마디 거들었다.

"요한아, 학교 가는 게 그렇게 좋아?"

"학교도 좋지만 교장 선생님과 학교 가는 차 안이 더 좋아."

"차 안이? 차 안에서 뭘 하는데?"

"응, 엄마. 교장 선생님께서 이야기를 많이 해 주시고 문제를 내면 내가 맞춰. 그리고 간판을 보면서 같이 읽으면서 학교에 가."

"그러니…?"

"응. 그러면 금방 학교에 도착해. 너무너무 재미있어."

"우와, 우리 요한이 엄마랑 산 지난 3년보다 말을 더 많이 한 거 같다. 하하하하. 그렇게 교장 선생님이 좋니?"

"엄마, 나를 진짜 사랑하셔. 엄마 아빠 아닌 다른 사람한테 처음으로 사랑받고 있다는 걸 느꼈어."

"요한아, 네가 이렇게 똑똑한 아이였니? 말을 어쩜 이렇게 잘하니? 엄마는 너무너무 신기하고 놀라워. 우리 아들, 참 고맙다."

"엄마, 나도 고마워. 정금자 교장 선생님을 만나게 해줘서."

너무 감사해서 요한이를 안고 한참을 울었다. 아이큐 64의 퇴행성 발달 장애를 안고 우리와 가족이 된 요한이는 늘 '나는 베트남에서 왔어요. 우리 부모님은 베트남에 있어요. 난 여기 가족 아니예요'를 7살까지 하면서 다녔다. 요한이로 인해 힘들었던 일도 있었기에 지금 이 순간이 너무 감사하고 행복했다.

요한이를 변화시킨 정금자 선생님.
현재 요한이의 대모이다.

요한이는 그렇게 변하기 시작하더니 학년 말에는 수학 시험을 백 점 맞는 기적을 일으켰다. 우리 요한이가 수학 백 점을 맞다니!

'오, 아버지!'

공부를 잘해서, 시험을 잘 봐서 행복한 게 아니라 요한이에게 베푼 하나님의 은혜가 너무 감사해서 행복했다. 누구 하나 아프지 않은 아이가 없었지만, 눈에 보이는 아픔을 보지 말고 보이지 않는 영적 세계를 바라보라고 말씀하신 주님으로 인해, 나는 우리 아이들을 지극히 정상이라고 생각하고 키웠다.

그랬더니 죽어 가던 하선이는 지금 건강하게 성장해서 간호학과에 다니고 있고, 구순열로 태어난 하민이는 입양 당시에 언어장애 2급이었지만 지금은 전혀 언어장애를 앓지 않는 데다 얼마 전까지는 강원도 수영 대표선수로 활동하다 지금은 카누 선수로 활동하고 있다. 안짱다리로 태어나 두 번의 대수술을 하고 보조신발을 신던 사랑이는 지금 보조신발 대신 스케이트 신발을 신고 강원도 쇼트트랙 대표선수가 되어 전국빙상대회에 출전하게 되었다.

하나님은 이렇듯 우리 아이들 한 명 한 명을 치료해 주셨다. 세상의 부귀영화와 소유를 다 던져 버리고 나니 주님은 그보다 더 큰 상급으로 우리 가정을 채워 주셨다.

나날이 학습 능력이 향상되고 있는 요한이를 병원에 데려가 아

이큐 검사를 다시 해 보았다. 그러자 맙소사! 137! 도무지 믿기지 않는 숫자가 찍혀 나오지 않았는가.

"이야호! 야호야호…! 아이고 아부지…."

그렇게 우리 요한이도 다른 우리 아이들처럼 기적의 대열에 합류했다.

"엄마, 난 외교관이 될 거야."

"응, 외교관!"

"외교관이 되어서 베트남에 갈 거야. 베트남에 가서 이렇게 말하고 싶어. '저를 태어나게 해주셔서 감사합니다'라고."

"우리 아들…."

우리 아들이 이렇게 성장할 수 있다는 게 기적이라는 걸 알기에 감사해서 눈물이 나왔다.

"엄마, 왜 울어. 나도 눈물 나잖아."

"아니야, 우리 아들. 너무 고마워서… 엄마가 너무 고맙다, 내 새끼."

"그리고 외교관이 되면 정금자 교장 선생님을 찾아갈 거야. 그래서 날 사랑해 주고 믿어 줘서 고맙다고 말할 거야."

"그래, 우리 아들. 네가 하고 싶은 일 하나하나 이루어 가자. 꿈은 수시로 변하는 거니까 나중에 외교관이 아니라 다른 걸 해도 엄만 괜찮아. 우리 아들 자체로 너무 감사하고 좋아."

"엄마, 난 꼭 외교관이 될 거야. 하은이 누나가 우리는 모두 하나님의 선교사라고 그랬어. 나도 외교관이 되어 하나님을 전하는 일을 하고 싶어. 외교관 선교사! 어때, 엄마?"

"아이고 우리 아들! 엄마는 우리 아들이 뭘 하든 그냥 무조건 좋아. 이렇게 말하고 있는 우리 아들 요한이가 너무 자랑스럽고 좋아."

너무나 멋진 모습으로 변해 가는 아이들! 하은이도 미국에서 열심히 생활하고 있고 아이들도 강릉에서 자리 잡고 즐거운 나날을 보내던 어느 날, 나는 또 다른 아이를 품기 위해 기도했다.

"하나님, 햇살이가 마지막인 줄 알고 가족사진까지 찍었는데 다시 또 다른 아이를 위해 기도하게 되네요. 아이고 아부지…!"

"딸아, 이 땅에서 천국 가정의 표본을 보여 줄 그날이 되면 너희 가정을 내가 전 세계에 알릴 것이다. 그때까지 너는 순종하며 따라오렴. 또 다른 아이들을 너희 가정에 보내 주마."

"아이고 아부지, 아이들이라면 한 명이 아니라 몇 명이라는 건데 전 힘도 없구 능력도 없어유. 그리고 돈도 없어유."

"딸아, 내가 허락한 아이들은 결코 돈으로 양육되는 게 아님을 보여 주마. 오직 너는 기도하며 나의 길을 순종하고 따라오면 된다. 자녀들은 내가 책임져 주마."

"아부지, 내가 아부지 말은 무조건 잘 듣잖아유. 하라는 대로 따라갈게유. 그런데 앞으로 몇 명의 아이들을…."

"기도하고 기다리렴."

"아부지가 기도하고 기다리라는데 그럴게유. 설마 열 명은 아니겠지유. 그럼 사람도 아녀유. 열 명은…!"

"하하하하하하."

다니엘과 행복이와 한걸이

우리 아이들 여섯 명의 고향인 대전의 아기집은 그 사이 사영희 원장님이 사임하고 김용숙 실장님이 원장님이 되었다.

"원장님, ㅎㅎㅎㅎㅎ. 축하드립니다."

"아이고 하은이 어머니. 우리끼리 무슨 그런 인사를…. 그나저나 그 많은 아이들을 하나같이 잘 키우시고, 정말 대단하다는 말밖에는 못하겠어요."

"무슨 소리세요. 아이들이 모두 맑고 예쁜 건 아기집에서 잘 돌봐 주셨기 때문이에요. 아이들이 모두 착하고 예뻐서 너무 감사해요. 그래서 말인데 일곱 번째 아이를….”

“얼마 전에 서류 정리를 해서 입양이 가능해진 아이가 있어요. 아홉 살 남자아이예요.”

“우리는 무조건 좋아요. 무조건이에요. 사랑이 햇살이랑 동갑이니 더 좋아요.”

“하은이 어머니는 무조건 좋으시대요. 호호호호.”

“하나도 안 궁금해요. 무조건 우리 아들이거든요. 히히히. 마침 대전에 와 있으니 바로 갈게요.”

내 아들이 있는 방으로 가는 길은 늘 그렇지만 설레고 흥분된다. 원장실에서 아이들이 있는 방으로 가는 길은 1분도 채 안 되지만 늘 30분도 더 걸리는 것처럼 느리게 느리게 흘러간다. 그러는 사이 만감이 교차한다. 오늘 주님이 어떤 아이를 주실까, 이 아이를 통해 주님은 무엇을 계획하시는 걸까?

“기다리고 있었어요, 엄마.”

문을 열자 한 아이가 벌떡 일어나더니 내 곁으로 성큼성큼 걸어왔다. 햇살이 입양하러 왔을 때 나도 데려가면 안 되냐며 내 다리를 잡던 그 아이였다.

“……”

당시 다섯 살이던 아이가 아홉 살이 되어 내 곁으로 왔다.

“오, 주여. 오, 주여. 엄마가 너무 늦게 온 건 아니지, 우리 아들?”

240

"네, 엄마."

"사랑하는 우리 아들, 엄마가 더 일찍 오지 못해 미안해. 내 아들…. 하나님, 감사합니다. 감사합니다."

눈물이 주르륵 흘렀다. 당시 서류 정리가 안 돼서 입양이 힘들다는 그 아이가 마침내 내 품으로 들어온 것이다. 우리는 강릉으로 오는 차 안에서도, 집에 돌아와서도 한동안 손을 꽉 잡고 다녔다.

눈이 너무 작아 하은이가 '외계인'이라고 말하자 "엄마 찾아 가족 찾아 지구로 날아왔어"라며 환하게 웃는 내 아들 다니엘! 일곱 번째 우리 아들 다니엘은 지금도 어딜 가면 꼭 내 손을 잡고 다닌다.

우리 집 아이들이 모두 그렇듯 다니엘도 연장아로 우리 집에 왔다. 생후 8개월이 넘어서면 연장아라고 부른다. 엄마 뱃속에서 태어나 8개월까지 성격 형성이 이뤄진다고 보는데, 이때부터 양부모들은 입양을 꺼린다.

연장아가 모두 그런 건 아니지만, 우리 집 아이들은 모두 서로 가족이 되기까지 일종의 통과의례 같은 통증을 겪었다. 그만큼 연장아는 신생아보다 한 가족이 되기까지 힘이 든다. 일종의 성장통이라 할 수 있는데 당연히 다니엘도 그 과정을 겪었다.

병원에서 검사하자 사랑이나 요한이처럼 ADHD 증상이 있다고 해서 6개월가량 약을 복용했다. 그리고 이 증상을 겪는 아이들에게 가장 좋은 게 운동이라서 사랑이와 함께 쇼트트랙을 시켰다. 그저 도움이 되라고 시킨 것인데 지금은 기록을 갱신하는 유망한

꿈나무가 되었다. 빙판 위에서 멋지게 한 바퀴 돌고 나서 손가락으로 브이를 날려 주는 우리 아들 다니엘은 2015년에 강원도 도대표 선발전에서 1000미터 부문 대회 신기록을 세웠다.

운동의 천재가 아닌가 싶을 정도로 축구, 농구, 베드민턴, 탁구 등 공으로 하는 구기 종목은 가르치기만 하면 선수가 되어 연곡초등학교 농구선수이자 베드민턴 선수로 활약하고 있다.

내 아들 다니엘이 스케이트 신발을 신고 빙상장을 돌면서 나를 한 번 쳐다보면 가슴이 설레어서 '와아' 탄성을 지르게 된다. 저렇게 멋진 아이가 내 아들이라는 사실에 가슴이 뿌듯하고 행복해서 마냥 감사하게 된다.

'하나님 감사혀유.'

다니엘과 하루하루를 감사하며 지내던 중 마음 한편에 또 다른 생각이 넘실댔다.

'이렇게 아이들 키우는 게 취미이고 특기이고 사명인데 이번엔 신생아를 키우면 어떨까? 에이, 미쳤어. 이제 와서 무슨 신생아야. 내 나이가 몇인데…. 아니야. 신생아도 키워 봐야지. 애기가 얼마나 귀여운데… 애기잖아… 애기….'

밤에 자려고 누우면 신생아가 응애응애 우는 소리가 들려 눈을 번쩍 뜨고 일어나서 앉아 있기를 수도 없이 하면서 이게 무슨 조화인가 했다.

"아부지, 신생아지유? 이번엔 신생아지유?"

"딸아, 너의 가정에 열 명의 자녀를 허락하마."

"열 명이유? 지난번에 내가 사람도 아니라고 했던 그 열 명이유? 그럼 앞으로 세 명이나 더…!"

"너희 가정을 통해 할 일이 있단다. 오직 내 이름으로 모여 가족이 되는 너희 가정은 천국 가정의 표본이야. 그걸 잊지 마렴. 천국은 나를 아버지라 믿고 부르는 자들의 것임을 잊지 마렴. 그들이 모두 형제와 자매가 된다는 걸 너희 가정을 통해서 세상에 알리는 일을 하게 될 것이다. 오직 순종하고 따라오렴."

"아부지, 순종하고 따라가긴 하겠는데… 열 명은 좀… 가난한 목회자 가정에서… 넘들이 욕해유, 아부지."

"딸아, 오직 나만 바라보아라. 나만."

"아부지만 바라봐두 열 명은 좀… 그럼 이번엔 무조건 신생아예유. 신생아를 키우고 싶어유. 그것도 얼굴이 하얗고 이쁜 애기유. 얼굴이 무조건 하얀 아기유."

"허허허허허…."

대전의 아기집은 입양될 아기가 없자 아예 입양기관을 폐쇄하고 보육원으로 명칭을 바꿔 운영하고 있었다. 아기집이 아니라면 어디서 아기를 데려오나 고민스러웠다. 그러다 강릉 자비원이라는 곳에서 아이들을 입양한다는 말을 듣고 알아보았다. 자비원은 불교 단체에서 지원하고 있었다. 불교라….

"엄마, 우리는 모두 예수님을 믿는 곳에서 왔잖아."

"그렇지."

"그럼 전도를 한 건 아니잖아. 불교가 종교인 곳에서 아이들을 데려오면 그게 전도잖아. 안 그래, 엄마?"

"야! 하선아, 니 말이 맞네. 역시 넌 날 닮아 똑똑해."

"내가 왜 엄마를 닮아? 난 날 닮았지. 흐흐흐흐. 그래서 난 김하선이야."

"그래 잘났다, 이년아. 너는 아무리 그래도 내 딸이야, 요년아."

"귀한 김하선한테 이년이 뭐야, 이년이! 무식하기는…."

"그래, 니 엄마 무식하다. 이년아."

하선이의 목을 손으로 휘감고는 힘을 주었다.

"아이고 우리 엄마가 이쁜 하선이 죽이네…. 얘들아, 119에 빨랑 신고해. 엄마가 딸을 아주 잡네, 잡아!"

무슨 구경이나 난 것처럼 아들들이 모두 나와 이기는 편 우리 편을 외치며 하선이와 나의 장난에 불을 붙인다. 하선이는 발로 차고 손으로 밀다가 힘으로 안 되니까 급기야 필살기를 선보였다. '간지럽히기'. 간지럼에 약한 나는 항복을 선언했고 이로써 게임은 싱겁게 끝이 났다.

"나 김하선한테 까불고 있어."

눈을 흘기며 일어나는 하선이를 안으며 감사했다. 하선이의 지혜로 행복이와 한결이, 그리고 마지막으로 하나가 모두 자비원에서 와서 우리 가족이 되었다.

꿈에도 그리던 8개월 된 행복이를 가슴에 안고는 허탈함만 가득 담아 집으로 돌아온 날을 지금도 잊지 못하고 있다. 얼굴이 하얀 이쁜 아이를 원했건만 자비원에서도 아이를 선택하지 못하고 원장님이 데리고 나온 아이를 안고 와야 했다.

8개월 된 신생아가 세 명 있는데 둘은 남아이고 하나는 여아라 했다. 모두 입양 대상인데 우리 가족하고 닮은 아이가 좋을 것 같다며 원장님이 친히 아이 한 명을 지목해서 데려오셨다.

"아니, 세 명이라면서 보고 결정을…."

"아이고, 하은 어머니. 걱정 마세요. 목사님하고 꼭 닮은 아이가 한 명 있어요. 보면 좋아하실 거예요. 너무 닮았어요."

"아 네…."

선생님의 품에 안긴 아기를 보는 순간 나는 그만 눈을 감고 말았다. 피부가 하얀 예쁜 남자아이가 아닌 너무나도 눈이 작아 눈동자가 보이지도 않는 새까만 남자아이가 안겨 있었던 것이다.

남편은 내 마음도 알지 못하고 아이를 덥석 안았다.

"아이가 아토피가 좀 있네요."

"목사님, 어떻게 아세요? 역시 아이를 많이 키워 보신 분이라 다르네요."

"괜찮아요. 이 정도의 아토피는…. 그럼 이대로 제가 안고 가지요."

"……"

"그러세요, 목사님. 아이가 예민해서 밤중에 잘 깨고 많이 우는 편이에요."

예민하다고? 설마 요한이처럼? 남편은 아이를 품에 안고 좋아서 싱글벙글 웃으며 집으로 데려왔다. 잘 운다는 아이는 남편의 품에서 아주아주 얌전했다.

"얘가 아빠를 알아보나 봐유. 아주 순한 거 같은데유."

"그건 몰라유. 키워 봐야 알지."

"그런데 아까부터 말이 별로 없어유. 신생아 아들 원했잖아유."

"그류. 그랬쥬. 그런데 얼굴이 하얀 이쁜 남자아이를 원했는데…."

"허허허. 얘 봐유, 얼마나 이쁜지. 다니엘처럼 눈망울이 새까매 잖유. 그리고 까만 건 우리 집 내력이에유. 우리 애들 다 까맣잖아유. 행복아, 내가 아빠야. 여긴 엄마. 자 엄마한테 가 봐."

아이를 안고 쳐다보는데 어쩜 이렇게 눈이 작고 예쁜지! 까무잡잡한 피부는 얼마나 윤기가 나고 건강한지! 아무리 봐도 세상에 이렇게 예쁜 아기가 있을까 싶었다. 이렇게 멋진 아들을 가슴에 품을 줄이야!

행복이를 안고 빙그르르 한 바퀴 돌고 또 한 바퀴 도는데 행복이가 까르르 웃었다.

"하은 아빠, 얘 입술 좀 봐유. 입술 끝이 올라가서 진짜 이쁘다. 눈웃음치는 거 봐. 세상에나 이렇게 예쁠 수가! 작은 손과 발도 이쁘고!"

역시 하나님이 허락하신 내 아들이다. 내 생각과 내 방법이 아니라 오직 주님의 방법으로 가족이 되면 그게 감사고 기쁨이고 행복이었다.

"행복아, 행복아."

"깔깔깔까르르르르."

연신 웃어대는 아이를 보면서 신생아도 별것 아니네 했었다. 그러나 그 말을 번복하는 사태가 그 밤에 일어났다. 행복이는 밤새도록 악을 쓰고 울어댔다. '내일은 괜찮겠지, 내일은 괜찮을 거야' 하는 말을 1년 넘게 했지만 행복이는 좀처럼 괜찮아지지 않았다. 우유도 많이 먹지 않고, 옆에 사람이 꼭 있어야 하고, 밤에는 끝도 없이 우는 아들로 인해 체력의 한계를 느낄 즈음, 자비원 선생님이 가정 방문을 오셨다.

내 품 안에 꼭 매달려 있는 행복이를 보면서 아이가 많이 좋아졌다며 웃으셨다. 우리 아이들을 돌아가며 인사시키는데 요한이 차례가 되었다.

"우리 요한이는 한 번 입양됐다가 파양된 경험이 있는 우리 집 장남이에요. 여덟 살 때까지 김요한 이름 석자를 못 써서 다음 년도에 햇살이, 사랑이랑 함께 초등학교에 입학했어요. 그런 아이가 지금은 수재 소리를 들어요. 얼마나 똑똑하고 착한지 너무 감사해요."

"저… 어머니, 우리 자비원에 다섯 살에 입양되었다가 일곱 살에 파양되어 온 아이가 있어요. 현재 아홉 살인데 겨울 방학 지나면 2학년 올라가요. 아직 한글도 모르고 숫자도 모르고 말도 잘 안 듣고… 학교생활도 적응을 잘 못해서 형들한테 맞고 다녀요. 부모님이 사랑으로 잘 양육하면 진짜 좋아질 거 같은데… 요한이 얘기 듣는데 태준이가 생각이 나서요. 그 아이도 어머니가 입양하시면 안 되나요?"

"그럼요, 그래요. 그 아이도 우리 아이겠지요."

"정말 감사해요, 어머니. 그럼 태준이 입양 절차 밟는 즉시 아이를 데리고 가세요. 저도 자비원에 가서 준비할게요. 진짜 감사합니다."

"아니에요. 우리를 믿고 아이를 보내 주시는데 제가 더 감사하죠."

행복이가 온 지 3개월 만에 아홉 살 한결이가 우리 집으로 왔다. 집에 들어가지 않겠다고 어찌나 떼를 부리는지 한결이 담당 남자 선생님이 안고 집으로 들어오셨다. 다시 가겠다고 우는 한결이를 보자 지난날 요한이가 생각났다.

다시는 요한이 같은 아이는 안 키우겠다고 다짐하고 다짐했는데, 그보다 더하면 더했지 못하지 않은 아이가 온 것이다. 다시 한 번 내 생각으로 아이를 품을 수 없음을 깨달았다.

한결이는 말썽을 부리거나 화가 나면 책상 아래로 들어가서는 나오지 않았다. 나는 요한이 때처럼 책상 아래로 기어 들어갔다.

"사랑하는 한결이, 엄마도 들어왔지롱."

"……."

요한이가 혼자만의 세계에 틀어박혀 누구와도 소통하지 않으려 할 때 생텍쥐페리의 《어린왕자》를 읽어 준 것처럼 한결이에게도 그 책을 읽어 주었다.

"한결아, 어린 왕자는 여우를 만나잖아. 여우는 어린 왕자에게 '길들인다는 것'이 무엇이며 길들이는 게 얼마나 소중한지, 또한 길들이는 것에 대한 책임이 무엇이지 알려 주잖아. 그리고 세상을 잘 보려면 눈이 아니라 마음으로 보아야 한다는 걸 알려 주잖아. 엄마가 하고 싶은 말을 여우가 다 하고 있네."

"……."

"엄마도 지금 한결이에게 길들어 가는 중이야. 한결이가 엄마한테 길들여지는 것처럼. 우리는 서로 이렇게 길들어 가는 거야. 엄마는 우리 한결이가 우리 가족에게 길들여지도록 최선을 다할 거야. 왜냐하면 엄마니까. 한결이가 엄마랑 친해지면 알 거다. 엄마가 얼마나 너희를 사랑하는지, 엄마가 얼마나 한결이를 좋아하는지…."

괜히 눈에 눈물이 고인다. 왜 이런 말만 하려면 눈물이 나는 걸까. 한결이한테 어린 왕자 얘기를 해주면서 폼 좀 잡으려고 했는데… 이놈의 눈물! 한참 울면서 눈물을 닦고 있는데 한결이도 울고 있단 걸 알게 되었다. 그런 한결이를 가만히 안고 같이 울었다. 얼마나 울었을까….

"한결아, 배고프지 않니. 엄마가 뭐 해줄까?"

"응, 엄마. 엄마가 해주는 김치부침개가 먹고 싶어."

"그래. 까짓 우리 아들이 먹고 싶다는데 엄마가 얼렁 해줄게. 자, 우리 아들, 이제 그만 어린 왕자의 별에서 나와 우리 가족이 살고 있는 지구로 가실까요?"

아들에게 손을 내밀었다. 한결이가 과연 이 손을 잡아 줄까 염려하면서. 그런데 한결이는 내 손을 덥석 잡고는 책상 밑에서 나왔다.

"엄마, 부침개."

"그래, 아들. 쫌만 기다리렴."

김치를 썰고 부침가루를 개는 동안 한결이는 내 곁에서 떠나지 않았다.

"한결아, 부침개 다 됐으니 형들에게 부침개 먹자고 말하고 올래?"

"응, 엄마. 내가 형들한테 부침개 먹자고 말할게."

"형아들, 김치 부침개 먹어."

"엉, 한결아. 너 이젠 괜찮니?"

"응. 요한이 형, 나 괜찮아. 형들 나한테 고마워해야 해. 내가 엄마한테 김치부침개 해달라고 한 거야."

"오호 고뤠! 한결아, 고맙다. 엄마한테 종종 해달라고 해. 형도 김치부침개 좋아하거덩."

"햇살아, 네가 안 좋아하는 음식도 있니?"

"아이 사랑이 형, 그렇게 말하면 안 되지. 나도 안 좋아하는 것 있다 뭐."

"엄마가 생각해도 햇살이는 먹는 거는 다 좋아하는 것 같은데. 우리 집 독수리 오형제 중 가장 통통하잖아."

"하하하하."

"아이, 엄마. 히히히히."

"헤헤헤헤헤."

김치부침개 몇 장으로 우리 집 독수리 오형제는 그렇게 서로 길들어져 가고 있었다.

한결이는 이제 한글도 잘 쓰고 책도 제법 큰 소리로 읽는다. 형들과 소소한 장난도 치면서 독수리 오형제는 형제애를 키우고 있다.

열 아이의 엄마가 되다

행복이는 변함없이 잠도 잘 안 자고 밥도 잘 안 먹는다. 한결이는 천방지축 형들한테 덤비고 장난도 잘 치는 개구쟁이다. 서로에게 익숙해져선지 요즘은 소리를 내서 다투지도 않고 형제끼리 때리는 일도 없다.

아홉 명의 아이들을 바라보면서 주님께서 열 명의 아이들을 보내시겠다고 했는데 마지막 열째는 누굴까 궁금했다. 자비원에 전화해서 열째 아들을 입양하고 싶다고 했다.

"아이고 행복이 어머님, 우리 자비원에 딱 한 명 입양할 아동이 있어요. 네 살인데 아직 대변을 못 가려 바지에 싸기는 하는데 다른 건 다 좋아요."

"네, 대변을…."

"어, 고집도 세긴 하네요. 그래도 아이는 귀엽고요."

"그럼 그 아이는 언제 우리 집에 올 수 있나요?"

"어머니께서 원하시면…."

"그럼 데리고 올게요. 아이들 키울 때 같이 키우는 게 좋을 것 같네요. 지금 네 살이니 한 달만 지나면 다섯 살이 되는 거네요. 크리스마스를 아이와 함께 보낼 수 있게 해주세요."

하나님께서 말씀하신 열째 아들이 우리 집에 왔다. 우리 가족 열두 명, 하나님의 열두 제자가 이젠 더욱 하나가 되어 주님만을 높이자는 의미로 이름을 하나라고 지었다.

김하나!

자비원 선생님의 말처럼 하나는 대변을 화장실에서 해결하지 못하고 책상 구석에 들어가서 꼭 바지에 실례를 했다. 어디선가 역한 냄새가 나면 하나 짓이란 걸 알 수 있었다. 화장실 변기에 수도 없이 앉히며 연습을 시켰는데도 하나는 돌아서면 다시 바지에 큰 실례를 했다. 겨울이 지나 봄이 되어도 하나는 변함없이 바지에 큰 볼일을 했다.

"이눔의 시끼, 한 번만 더 싸면 엄마가 가만 안 둔다."

하루에 한 번씩 큰일을 치르다 보니 화가 나서 소리쳤다. 하지만 하나는 아랑곳하지 않았다. 화가 나서 씩씩거리며 옷을 벗기고 아이를 씻기고 있는데 하은 아빠가 들어왔다.

"아니 이눔은 왜 꼭 나만 있을 때만 똥을 싸냐고! 하은 아빠 있을 때 싸면 내가 이런 고생을 안 하잖아."

"허허허. 하나가 아빠를 도와주네. 하은 엄마, 햇살이 오줌을 못 가려 허구한 날 이불 빨래한 거 생각 안 나남유. 적어도 하나는 이불에는 안 싸잖아유. 옷만 빨면 되니 얼매나 좋아유."

듣고 보니 맞는 말이다. 햇살이 일곱 살이 되도록 이불에 실례를 하는 바람에 나중엔 이불이 없어서 방석을 깔고 잔 적도 있지 않았던가. 우리 아이들이 그렇게 힘든 시기를 거치며 가족이 되어 갔었지. 그에 비하면 하나는 고작 대변뿐인 것을.

"아이고, 하나야. 엄마가 정말 미안해. 우리 하나 바지에 똥 싸는 게 편한 거였는데 엄마가 그걸 모르고 정말 미안해. 나중에 변기에 싸는 게 익숙해지면 그때 거기다 싸. 이불에 안 싸는 게 얼마나 다행인데 엄마가 그걸 몰랐네. 우리 하나, 미안."

계면쩍게 웃는 하나를 보면서 다짐했다.

'엄마가 너한테 길들어 갈게.'

하나는 언제 바지에 똥을 쌌는지 모를 정도로 며칠 뒤 바로 변기에서 대변을 보기 시작했다. 그래, 이거야. 바지에 똥 싸는 것조차 그냥 인정하면 되는 거였어. 기다려만 주면 되는 거였어.

오늘도 열 명의 아이를 키우며 나는 사소한 것도 아이들한테 배우는 열혈 학생이다. 우리 아이들 열 명은 엄마를 길들이는 선생님이다.

우주에서 가장 사랑스러운
우리 집 아들들

Chapter 11

순종한
것밖엔
없어요

주 안에서 우린 가족

강릉으로 이사 오고 우리 아이들은 날마다 건강해졌다. 사랑이와 다니엘은 스케이트를 타면서 정신과 몸이 날로 건강해졌고 하민이는 수영대회에 나가기만 하면 금, 은, 동메달을 받아 왔다. 이렇게 감사한데 감사한 마음을 표현할 길이 없어 오히려 미안한 마음이 들었다.

"하은 아빠, 삶이 너무 감사하고 행복하니 오히려 부담스럽고 미안하네유. 우리만 행복하게 지내는 것 같아서."

"행복하면 좋은 거지 미안하기까지 하남유."

"생각해 봐유. 대전 같으면 꿈도 못 꿀 상황이잖아유. 이렇게 넓은 사택에서 아이들과 뜨거운 물 걱정도 않고, 여름에 더워서 잠 못 잔다고 투덜거릴 염려 없고, 교회에서 매달 쌀도 따박따박 나오지, 겨울이면 김장해서 보내 주지…. 사람이 염치가 있어야지 고마움을 흘려보내지 못하고 있잖아유.”

“허허허허. 그럼 마누래가 우리 가족의 행복과 사랑을 흘려보내봐유. 나는 마누래 하자는 대루 하는 사람이니깐.”

“하은 아빠, 다다음 주가 우리 가족이 강릉에 이사 오고 처음으로 맞이하는 추석이잖아유?”

“그류.”

“그럼 강릉에서 살고 있는 이주여성 열 가정에 송편을 잘 포장해서 배달하고 독거 어르신 열 분한테 반찬을 만들어 배달하면 어떨까유? 강릉 YWCA나 경포주민센터에 문의하면 주소는 얻을 수 있을 거구유.”

“좋은 생각이구먼유. 대전에서도 했으니 강릉에서 하는 것도 괜찮겠네유.”

이웃에게 무언가를 나눌 생각을 하니 갑자기 기분이 좋아졌다.

하선이에게 독거 어르신들께 어떤 반찬을 만들어 드리면 좋겠느냐고 상의했다.

“하선아, 아무래도 추석 명절이니까 불고기와 전, 나물을 하면 되지 않을까?”

“엄마, 진짜 웃긴 거 알아?”

"응…?"

"엄마, 나랑 상의하자고 해 놓고 이미 머릿속에 다 들어 있잖아. 그게 무슨 상의냐?"

"으응응. 엄마가 그랬니이이잉 헤헤헤헤."

"괜히 이쁘지도 않게 아부하려고 하지 말고 엄마 하고 싶은 대로 해. 난 만드는 거 옆에서 도와줄 테니간."

"지지배…."

"그런데, 엄마. 우리는 명절에 뭐 먹어?"

"응?"

"독거 어르신들께 불고기, 전, 나물을 해다 드리면 우리도 뭔가 먹어야 할 거 아니야?"

"그냥 배달하고 남은 거 먹자. 뭘 더 해 먹니?"

"내가 이럴 줄 알았어. 어쩐지 엄마가 명절에 음식을 하니 안 하니 하더만. 근데 엄마, 무슨 돈으로 그 많은 걸 할 건데?"

"그러게. 이 정도 하려면 돈이 많이 들 텐데, 무슨 돈으로 이걸 다….'"

하선이의 말을 듣고 정신이 번쩍 들었다.

강릉중앙감리교회에 다니는 권사님이 운영하는 떡집에 문의하니 한 박스에 3만 원이란다.

'떡값만 30만 원인 데다 소고기와 반찬류 20만 원이면 50만 원이 필요한데….'

남편이 2011년 1월 강릉으로 이사 와서 교회에서 받은 첫 번째 사례금을 첫 열매로 드리고, 그 다음 달 받은 사례금은 병원교회에 자주 오던 장애우에게 드리고 나니 우리 집 재정은 매달 바닥이었다.

수중에 가진 게 없다는 이유로 포기할 수 없어서 무작정 하나님께 떼쓰기 시작했다.

"아니, 아부지, 다른 것도 아니구 명절에 먹을 것을 나누어 먹겠다는데 50만 원이 없어서 못 나누면 그게 어디 목사 가정인감유. 평신도 가정도 이러지는 않을 거구먼유. 명색이 목사 가정이 되가지구 하려고 다 벌여 놓은 일을 안 하면 안 되잖아유. 아버지!"

매일 밤마다 하나님 아버지에게 엎드려 50만 원만 달라고 떼를 부렸다. 가정예배를 드리면서도 50만 원을 달라고 기도했다. 코를 바닥에 닿도록 기도하고 있는데 옆에서 끌끌 혀를 차는 소리가 들렸다. 살짝 눈을 떠서 옆을 보니 하선이가 한심한 얼굴로 쳐다보고 있었다.

"엄마, 내가 이런 말을 안 하려고 했는데…."

"안 하려고 했으면 하지 마. 엄마 지금 정신없이 기도하는데…."

"엄마!"

"아이고, 놀래라. 지금 다들 기도하잖아. 봐! 너 때문에 기도가 끊겼잖아."

모든 가족이 기도하다 말고 우리를 쳐다보고 있었다.

"내가 엄마 때문에 미쳐. 50만 원 때문에 엄마 기도하는 것 들어봐, 아빠."

생각하니 나도 계면쩍어서 머리만 박박 긁었다.

"하선아, 엄마는 명절에 꼭 하고 싶어서 그런 거야. 엄마 좀 이해해 주라."

"아빠, 이해하고 안 하고가 아니야. 엄마가 얼마나 유치한 줄 알아? 하나님께 뭐라고 기도하는 줄 아냐고!"

"하선아, 너는 니 기도만 하면 되지 왜 엄마 기도까지 듣고 그러냐고."

"엄마, 유치원생도 엄마처럼 기도 안 해. 아빠 들어 봐."

내가 했던 동작 그대로 하선이가 무릎을 꿇고 머리를 무릎 사이에 박고는 고개를 끄떡이며 내가 한 기도를 그대로 읊조렸다.

"아부지, 50만 원만 줘. 아부지 아부지 이번에 50만 원만 주면 내가 앞으로 돈 달라고 안 할게. 아부지, 50만 원!"

우리 가족은 누가 먼저랄 것도 없이 박장대소를 했다. 내가 할때는 간절했는데 하선이가 흉내를 내니 코미디도 그런 코미디가 없었다.

"엄마, 그렇게 그 일이 하고 싶어?"

"응, 하선아. 엄마가 강릉에 와서 처음으로 하는 이웃 사랑 실천이잖아. 대전에서는 매주 하던 일인데 강릉에서는 아직 못하고 있으니깐 엄마 마음이 불편해. 이렇게 우리 아이들은 예쁘게 잘 자라고 엄마는 너무 행복하고 감사한데, 이 마음을 나누고 싶어."

"엄마, 여기 50만 원이야. 이걸로 해."

"하선아…."

"하은 언니는 자신의 전 재산을 아프리카에 기부하고 미국에 갔는데 난 돈이 좀 아까워서 언니랑 같이 기부를 못 했어. 그런데 엄마를 보면서 이 돈을 독거 어르신들을 위해 사용하면 좋겠다 생각했어. 엄마가 그렇게 하고 싶은 일, 이 돈으로 해."

"하선아…."

내가 하선이를 안은 건지 하선이가 날 안은 건지는 모르겠지만 너무 감사해서 눈물이 솟구쳤다.

"흑흑흑… 고맙다, 고마워. 하선아 흑흑흑…."

얼마나 울었는지 남편도 하민이도 요한이도 사랑이도 햇살이도 모두 둘러앉아 울고 있었다.

"아, 하나님…!"

주님이 우리 가족을 당신의 품 안에 안고 계심이 느껴졌다.

하선이의 전 재산 50만 원으로 우리 가족은 2011년 추석을 세상 어느 때보다 알차게 보낼 수 있었다. 송편을 배달하는 날은 비가 와서 고작 열 가정을 도는 데 10시간이나 걸렸다. 오후 1시부터 떡을 배달했는데 저녁 11시가 되어서야 끝이 났다.

차 안에서 잠들어 있는 아이들을 보자 아직 저녁식사도 하지 못했다는 걸 알았다. 배가 고팠을 텐데 어느 누구도 칭얼거리지 않았던 것이다.

"이쁜 내 새끼들, 배고프지?"

"응, 엄마."

잠결에 사랑이가 말했다.

"얘들아, 저기 포장마차 보이는데 오뎅 먹고 갈까?"

모두 잠자고 있는 줄 알았는데 오뎅이라는 말 한마디에 아이들이 눈을 번쩍 떴다.

"오예, 오뎅! 오뎅! 오뎅! 엄마, 오뎅 먹고 가!"

어묵은 우리 가족의 완전식품이자 간식이자 부식이면서 가장 먹고 싶은 외식 1번이기도 하다. 아이들끼리 서로 어묵을 입에 넣어 주고 있었다.

"아버지, 저는 지금 천국을 보고 있어요. 하나님께서 원하시는 천국 가정의 모습을⋯."

또 눈물이 났다. 어묵을 먹다 말고 눈물을 훔치느라 정신이 없었다. 콧물까지 흘러서 결국 포장마차 밖으로 나와 버렸다.

"엄마, 왜 나가서 청승이야. 우리가 너무 사랑스럽고 이쁘면 이쁘다고 말해. 괜히 비오는 어두운 밤에 혼자 '아부지이~' 하면서 울지 말고!"

"하선이⋯ 내가 너 때문에 못 살아. 아주 얄미워서 이뻐 미치겠어."

메롱 혀를 내밀며 포장마차 안으로 들어가는 하선이를 바라보며 환하게 웃었다.

오늘도 난 울다가 웃다가 하선이 말대로 생쇼를 했다.

어제는 그렇게 비가 오더니 오늘은 너무나도 화창한 날씨다. 아침 일찍부터 독거 어르신들께 반찬을 만들어 배달하는 날이라며 아이들을 깨웠다.

온 가족이 둘러앉아 전을 부쳤다. 다 만든 불고기와 나물과 전을 도시락에 담고 아이들과 경포 지역 일대를 돌면서 할아버지 할머니들께 인사를 드렸다.

마지막 집을 다 돌고 경포대 바닷가에 가서 아이들과 파도가 넘실대는 바다를 보았다.

"엄마, 처음엔 50만 원이 좀 아까웠어. 그런데 마음이 바뀌었어."

"어떻게?"

"이주여성들을 보고 독거 어르신들을 만나고 나니 누군가는 꼭 해야 할 일인데 그 일을 우리가 한다는 게 너무 기쁘더라."

"그랬니?"

"그래서 엄마, 우리는 이주여성은 어렵겠고 독거 어르신들 반찬 만들어 배달하면 어떨까 생각해 봤어."

"우와, 하선아…."

"엄마, 그렇다고 내가 뭐 믿음이 좋다거나 갑자기 착해졌다는 건 아니고…."

"자슥…."

"엄마 눈을 그렇게 옆으로 흘기면 눈 돌아간다."

"고맙다, 우리 딸. 하은이가 없으니까 우리 하선이가 맏이 노릇을 하는구나. 그럼 매주 토요일에 독거 어르신 열 분께 반찬 만들어 배달 다닐까?"

"그런데 엄마, 매주 다니면 힘들지 않겠어?"

"하선아, 엄마는 이렇게 생각해. 이거 빼고 저거 빼고 남은 걸로 무언가를 하려면 할 수가 없어. 주님의 일은 먼저 시작하고 보는 거야. 그러다 보면 결국 다 하게 되어 있어."

"엄마, 컴패션을 통해 후원하는 두 명의 동생들을 위해 우리가 용돈을 아끼고 반찬값을 아끼는 것처럼 또 우리가 무언가를 아껴야 된다는 거지?"

"우리 딸, 참 고맙다. 엄마가 고맙다는 말밖에는 할 말이 없네."

그렇게 만난 독거 어르신들과의 인연도 벌써 6년째다. 그 사이 두 분은 연로하셔서 병원에 입원했고, 두 분은 김상훈 목사의 품에서 편안히 이 세상을 하직하셨다. 그리고 한 분은 아드님 곁으로 가시고 두 분의 어르신은 이사를 가셨다.

6년 전부터 함께한 세 분의 어르신과 2015년에 주민센터에서 다시 소개해 주신 네 분의 어르신, 그래서 모두 일곱 분의 어르신께 나는 아이들과 함께 매주 반찬을 만들어 드리고 있다. 삶이 너무 감사해 시작한 일이었는데 이제는 우리 가족의 일과 중 하나가 되었다.

"예수께서 이르시되 네 마음을 다하고 목숨을 다하고 뜻을 다하여 주 너의 하나님을 사랑하라 하셨으니 이것이 크고 첫째 되는 계명이요 둘째도 그와 같으니 네 이웃을 네 자신같이 사랑하라 하셨으니 이 두 계명이 온 율법과 선지자의 강령이니라"(마 22:37-40).

반듯하게 자란 두 딸

하은이에게 메일이 왔다.

하은이가 하나님의학교에 가고 나서 우리는 하루에 한 통씩 메일을 주고받았다. 더러 너무 바쁘고 힘들어서 메일 쓰는 걸 잊어버리면 하은이가 '엄마 빨리빨리' 하고 메일을 보내 와서 하루도 메일을 쓰지 않을 수가 없었다.

늘 정해진 시간에 메일을 보내서 그날 하루 동안 일어난 소소한 일상을 나누었다.

'엄마, 엄마는 내가 세상의 스펙을 쌓기 원해?'

딱 한 줄의 메일이 왔다. 얘가 대체 무슨 말이 하고 싶은 거야?

'하은아, 엄마는 하은이가 세상의 스펙을 쌓는 것보다 하나님의 스펙을 쌓기 원해.'

265

나도 한 줄로 메일을 보냈다.

'엄마, 나 그럼 하나님의학교를 그만두고 한국으로 돌아가고 싶어. 이제는 영어로 대화할 수 있으니까 십대 시절에 하나님께 헌신하고 싶어. 내 꿈이 선교사인데, 엄마, 난 엄마처럼 행동으로 옮기는 삶을 살고 싶어. 고등학교는 한국에 가서 검정고시로 보고 다른 나라에 가서 하나님을 전하는 일을 하고 싶어.'

'하은아, 하은이의 생각이 그러면 이번 학기를 마지막으로 한국으로 들어와. 그런데 남은 장학금이 엄청 겁나게 아깝네.'

'엄마, 그건 이제 내 거 아니야. 난 돌아가서 가족과 있고 싶고 그리고 선교사로 나가고 싶어.'

'우리 딸 그동안 수고 많이 했다. 엄마의 가슴은 열려 있어. 6월이 되어 엄마의 가슴으로 들어오렴.'

하은이는 3년 만에 그리운 가족의 품으로 돌아왔다. 한국에 들어오자마자 피곤할 텐데도 새벽이면 일어나 자신을 하나님의 일을 하는 데 사용해 달라며 기도했다.

"하은아, 좀 쉬었다 새벽예배 드리지, 피곤하지 않아?"

"엄마, 기도를 쉬었다 하는 게 어딨어. 난 주님께 내가 받은 사명에 대해 할 이야기가 많아. 그냥 주님과 이야기하고 싶어. 난 새벽 시간이 참 좋아. 새벽에 주님과 대화하면 정신도 맑아지고 너무 좋아."

"헐…."

역시 난 부족한 엄마다.

하은이와 난 하나님께서 허락하신 길이 무엇인지 기도하고 또 기도했다. 그러던 중에 캄보디아 캄뽕짬에서 선교 사역을 하고 있는 김이수 선교사님을 알게 되었다. 연락처를 얻어 바로 전화를 했다. 선교사님의 선교센터에서 하은이가 선교사로서 사역할 수 있는지 문의를 드린 것이다. 그러자 마침 8월에 서울의 모 교회 선교 팀이 오기로 했다며 그들과 합류해서 오라고 했다.

하은이는 너무 좋아 웃고 있는데 엄마인 난 그저 좋다고만 할 수 없었다.

"하은아, 거기는 물도 안 나온대. 그리고 전기도 없어 발전긴가 뭔가 돌려서 쓰기 때문에 저녁엔 깜깜하대. 엄마는 그냥 걱정이 된다."

"엄마, 내가 죽으러 가는 것도 아닌데 왜 그래. 엄마가 내 힘으로 할 수 없다고 느낄 때는 그냥 즐기라며. 나도 그냥 즐길 거야. 그래야 즐겁게 감당하잖아. 엄마, 걱정되면 그냥 날 위해 기도해 줘. 엄마, 나 이래 봬도 하나님의 선교사야."

"하은아…."

하은이를 안고 그 자리에서 기도했다.

"하나님, 아시죠? 주님의 딸 우리 하은이. 하은이가 벌써 이렇게 커서 주님께 드린 그 약속을 지키겠다고 캄보디아 오지 마을로 복음을 전파하기 위해 들어가요. 낮에는 구름 기둥으로 밤에는 불기둥으로 이스라엘 민족을 광야에서 보호하신 것처럼 이제 주님의 딸 하은이를 24시간 보호하고 지켜 주세요. 오직 주님만을 의지합니다. 아버지."

그렇게 하은이는 염려하는 우리를 남겨 두고 세상에서 본 적 없는 환한 미소를 지으며 캄보디아로 떠났다.

캄뽕짬 선교센터에 있을 때는 와이파이가 돼서 사진도 보내고 문자도 나누었는데 선교지 사역을 나가는 월요일부터 금요일까지는 연락이 되지 않았다. 한 달 만에 사진을 보내 온 하은이는 마치 말라리아에 걸린 환자처럼 온몸이 벌레에 물린 상처로 가득했다.

"하은아, 너 안 되겠다. 당장 한국으로 들어와. 출국 날짜 엄마가 변경할게."

너무 흥분해서 다짜고짜 한국으로 들어오라고 소리쳤다. 너무 놀라 눈물도 나오지 않았다.

"엄마, 나를 위해 기도해 줘. 난 내가 약속한 날짜 채우고 돌아갈 거야. 하나님과 한 약속을 지키고 싶어. 여기서 어려운 역경이 왔다고 포기하면 난 늘 포기하는 아이가 될 거야. 엄마, 당연히 힘들어. 어떻게 안 힘들겠어. 금요일 저녁에 선교지로 들어와 주일 다섯 번의 예배를 위해 토요일 하루 종일 피아노 연습해야 하고 성가대 연습하는 데 피아노 맞춰 줘야 하고 나도 진짜 힘들어. 그렇지만 엄마, 나 여기서 배우는 거 많아. 그리고 내가 가르치는 아이들이 다섯 살인데 얼마나 귀여운지 몰라. 집에 두고 온 동생들 생각도 나고 요한이 어렸을 때 생각도 많이 나."

"하은아⋯."

"엄마, 엄마 마음 알아. 그런데 엄마, 나 이제 하나님 앞에서 내가 어떻게 살아야 하는지 아는 나이야. 그냥 날 위해 기도만 해 줘, 엄마."

"하은아⋯ 엉엉엉엉⋯ 엄마가 미안해, 엉엉엉엉⋯."

"엄마가 왜 미안해? 고맙지. 나를 이렇게 멋지게 키워 줬잖아."

"네가 잘 큰 거라면서⋯."

"엄마는 이 상황에 농담이 나오냐? 하나도 안 웃기거덩."

"크하하하하. 안 웃겼냐? 고맙다. 우리 딸 진짜 잘 컸구나. 넌 역시 엄마의 큰딸, 하나님의 딸 김하은 맞다. 엄마가 믿음이 부족해서 미안하다. 우리 딸을 위해 더욱 기도하마."

"엄마, 난 순교가 뭔지 잘 몰라. 그리고 겁도 많고 자신도 없어. 그런데 이곳에서 사역하면서 에스더의 '죽으면 죽으리라' 기도를 많이 묵상했어. 선교사의 길이 '죽으면 죽으리라'라면 엄마 나 그것도 감당할 것 같아."

하은이는 그렇게 약속한 4개월을 다 채우고서야 한국으로 돌아왔다. 그러고는 대입검정고시를 위해 하선이와 함께 새벽마다 기도하며 공부했다. 하선이는 언니를 따라서 어쩔 수 없이 새벽예배를 드렸다.

"하은아, 하선이는 왜 새벽마다 널 따라가니? 엄마가 볼 때 쟤는 분명히 잘 거야. 코는 안 고는지 몰라."

"엄마, 내가 잠을 자더라도 새벽예배에 가서 자라고 했어. 예배도 습관인 거 같애. 이런다고 안 가고 저런다고 안 가면 나중에 정말 중요할 때도 안 가게 돼. 그럼 어떡해."

"내 말은 절대 안 듣는 하선이가 네 말은 잘 듣는다, 그치?"

"ㅎㅎㅎㅎ. 아침마다 깨우려면 진짜 힘들어. 그런데 그렇게라도 예배드리다 보면 하선이도 언젠가 스스로 기도할 날이 올 거고, 그러다 보면 진심으로 기도하게 될 거야."

"우리 딸 참 기특하다. 공부하면서 새벽예배도 드리고, 진짜 이쁘다. 우리 딸."

"엄마가 위기의 순간에 더욱 기도하라고 했잖아. 엄마, 난 하나님의 문화를 사랑하는 하나님의 딸이 되고 싶어. 그래서 새벽예배는 선택이 아닌 필수이고 싶은 거야. 진짜 피곤해서 어쩔 수 없어 한두 번 빠지는 건 괜찮겠지만, 어쨌든 난 새벽예배에서 주님과 대화하고 싶어."

새벽예배를 드리며 공부하던 하은이와 하선이는 나란히 대학입시를 치렀다. 그리고 그 결과를 받고 모두 깜짝 놀랐다.

하은이는 캄보디아에서 돌아온 3월부터 고작 5개월을 아빠랑 공부했을 뿐인데 3등급을 받았다.

"조금만 더 열심히 했으면 2등급 받을 수 있었는데, 너무 속상해."

"하은아, 너 그거 굉장히 잘 본 거야. 네가 한국에서 중학교를 다닌 것도 아니고 그렇다고 고등학교를 다닌 것도 아니잖아. 그런데 5개월 공부해서 3등급이면 굉장히 잘한 거야."

"하선이는 1등급 나왔잖아. 쟤는 나보다 공부도 안 했는데…. 쟤는 머리가 얼마나 좋으면 조금만 공부하고 1등급이 나오냐!"

"언니, 내가 원래 이런 여자야. 나는 김하선이잖아."

"아이고 이 지지배야. 너는 얼결에 그 점수가 나온 거잖아."

"엄마, 무슨 소리야. 내가 공부는 열심히 안 했어도 새벽예배에 나가 기도했잖아."

"새벽예배 같은 소리하고 있네. 가서 하은이 기도할 때 드르렁 잠만 자구선."

"무슨 소리! 처음엔 잤지. 너무 졸린데 어떡해, 자야지. 그런데 하은 언니가 간절하게 기도하는 소리를 듣고 나도 기도해야겠다 생각했어. 그래서 시험을 앞두고 진짜 열심히 기도했어. 그랬더니 이렇게 1등급이 된 거지. 헤헤헤헤. 엄마, 그런데 나도 모르겠어. 문제를 봤는데 다 아는 문제인 거야. 안 푼 문제도 많았는데 거기선 하나도 안 나오고 말야. 아빠랑 총정리할 때 풀었던 문제만 줄줄이 나왔어. 아무래도 내가 새벽예배 드려서 하나님이 선물로 주신 것 같아."

"하선아, 그럼 언니는! 언니는 새벽예배 안 드렸어? 언니는 진짜 간절히 기도했단 말이야."

"언니는 내가 볼 때 그 점수로도 유아교육과를 갈 수 있고 난 간호학과를 갈 거니깐 3등급으로는 안 되잖아. 그래서 하나님이 거기에 맞게 등급을 주셨을 거야."

"하은아, 우리가 말을 말자. 하선이랑 무슨 말을 하냐. 재랑 말해서 본전을 찾아본 적이 없어요. 하은아, 진짜 유아교육과로 선택한 거야?"

"응, 엄마. 어차피 티모라는 선교단체에서 탄자니아에 가면 아이들을 가르칠 건데 사회복지학과는 나한테 별로 도움이 안 될 것 같아. 유아교육과가 나랑 더 잘 맞기도 하고."

"아깝다! 새로운교회 한홍 목사님이 한동대 추천서 써 주시기로 했는데 포기해야 하네."

"엄마, 내가 선교사로서 가는 길에 맞는 과를 선택하는 게 중요하잖아. 학교는 중요하지 않아."

"그려, 우리 하은이 말이 맞네."

하은이는 원하던 대로 영동대 유아교육과로, 하선이는 영동대 간호학과로 자매가 나란히 한 학교에 입학했다.

하나님, 보고 계시죠?

죽어 가던 하선이가 이렇게 건강하게 성장해서 사람들의 육체를 치유하는 간호사가 되겠다며 간호학과에 입학했어요. 하은

이는 전 세계 소외된 아이들의 엄마가 되겠다더니 유아교육과
에 입학해서 자신의 꿈에 한 발 더 다가갔어요.

저는 다만 주님의 말씀에 순종한 것밖에 없는데, 아이들이 이렇
게 반듯하게 자라 자신의 길을 걸어가고 있네요.

아버지, 감사해요. 저를 주님의 원대한 계획의 도구로 사용해
주셔서…. 변함없이 주님을 따라갈게요.

백만 원의 인연

**어느 날 메일을 열어 보니 임지윤이란 자매가 보내 온 편지가
있었다.**

> 사모님 안녕하세요? 저는 25살 여자 청년 임지윤입니다.
>
> 저는 포항에서 목회자 가정의 자녀로 자라났습니다. 이제껏 쭉
> 아빠 교회에서 신앙생활을 하다가 작년 5월에 직장 때문에 서
> 울로 올라왔습니다.
>
> 평소 책 읽는 것을 싫어하는 저였지만 작년에 두란노몰에서 우
> 연히 사모님의 책을 알게 되었고 주문해서 읽었습니다. 책을 읽
> 으면서 눈물을 흘리며 감명을 받아 본 건 처음이었습니다. 그때
> 가 마침 다른 친구들은 취직이 되어 하나둘씩 자리를 잡아 가고
> 있었고, 저는 졸업해서 집에서 쉬고 있었습니다.

중학교 3학년 때 주님을 인격적으로 만났고 그때부터 사모의 비전을 품고 지금껏 달려가고 있습니다. 이런 뚜렷한 비전이 있었음에도 불구하고 주위 친구들이 취업되고 저만 집에서 놀게 되니 하나님이 제게 주신 비전과 목적을 점점 잃어 가며 힘든 시간을 보내고 있었습니다. 그 시기에 사모님의 책을 읽고 더욱 더 저의 비전을 기도와 사모함으로 품게 되었습니다.

제가 작년 5월에 첫 직장을 다니다가 올해 3월부터 새로운 직장을 다니고 있습니다. 평소 첫 열매를 온전히 하나님께 드려야 한다는 부모님의 가르침으로 새로운 직장에서 받은 첫 월급을 지금 출석하는 교회에 십일조와 감사헌금으로 드렸습니다. 남은 100만 원을 사모님께 드리면 좋을 것 같다는 생각이 들었습니다. 정말 하나님이 가장 기뻐하시는 곳에 쓰였으면 좋겠습니다. 저도 사모님과 같이 하나님과 늘 동행하며 하나님이 쓰시기에 가장 편한 사모가 되고 싶어요. 정말 하나님이 허락하시면 사모님 꼭 한 번 뵙고 싶어요! 생각나실 때마다 기도해 주세요.

임지윤 자매의 글을 읽으며 그녀의 마음이 내 안으로 들어왔다. 바로 메일을 보냈고, 주님께서 가장 기뻐하시는 곳에 백만 원을 사용하겠다며 계좌번호를 보내 주었다. 그때부터 주님께 엎드려 기도했다.

"주님, 보여 주세요. 주님께서 지금 가장 쓰시고 싶은 곳이 어디인지…."

혹시나 내 방법으로 전달될까 봐 주님께 묻고 또 물으며 간절히 기도했다.

행복이를 가슴에 안고부터 집 안에 일도 많아지고 신생아다 보니 아이를 돌봐야 할 시간이 더 필요해서 그 전에 하고 있던 이랜드복지재단의 자원봉사인 현장 간사를 쉬고 있었다.

지역에 도움이 필요한 분을 찾아내어 이랜드복지재단에 연계해서 생활비 지원, 치료비 지원을 받게 하는 일이었는데, 그로 인해 도움이 절실한 여러 분들을 알게 되었다. 꼭 필요한 분들만 지원하다 보니 때로는 안타깝게도 선정되지 않아 힘들어하는 분들도 계셨는데 그런 분들 중에 일부는 개인적으로 도움을 조금씩 드리기도 했다.

그런데 갑자기 얼마 전에 어려운 개척 교회에서 겨울에 사용할 땔감을 구하기 위해 산에서 작업을 하다 굴러서 심하게 다쳤다는 분 이야기를 들은 생각이 났다. 연락처를 알아내 원주 기독병원에 그분을 만나러 갔다. 가서 보니 상태가 너무 심각했다. 바로 김반석 전도사님이다.

전도사님의 가족은 기도원에서 함께 살고 있었다. 한눈에 봐도 시골 사람의 순박함이 느껴질 정도로 선한 분임을 알 수 있었다.

"어쩌다 이렇게 많이 다치셨는지…."

"이런 누추한 곳까지 찾아 주셔서 너무 감사합니다."

너무나 공손하게 인사하는 김 전도사님 사모님의 모습에서도 선함이 느껴졌다.

"횡성 근방에는 어려운 개척 교회들이 너무 많은데 겨울만 되면 난방이 제일 문제예요. 그래서 나무로 겨울을 나는 교회들이 많은데 여기 횡성의 산들은 아무 때나 나무를 벨 수가 없어요. 정해진 날짜에만 정해진 곳에서 나무를 베어야 해요."

"아, 네에….'

"일주일 동안 나무를 베어야 하는데 우리 기도원 나무를 베고 개척 교회 목사님께서 부탁을 하셔서 그 교회 나무를 베어 주는데 그만 산 위에서 아래로 미끄러진 거예요. 이리 부딪치고 저리 부딪치면서 다리는 부러지고 뼈가 살 밖으로 튀어나오고…."

차마 끝까지 말을 잇지 못하고 우시는 사모님을 보면서 나도 괜히 눈물이 나왔다.

"병원비는….'

"그 교회도 너무 작아 목사님께 병원비를 지원해 달라고 말도 못하고, 여기 기도원은 수입이 없어서…. 그리고 제가 잘못해서 다친 건데 누구한테 손도 못 벌리겠고…."

"많이 힘들고 속상하시겠어요."

전도사님이 조용히 말을 이었다.

"힘들기는 한데 속상하지는 않아요. 이 고통을 이겨 내라는 뜻이 있을 것 같아 힘들지만 이기고 있어요. 다만 병원비가… 그리고 매일같이 들어가는 돈도 만만치 않고… 그게 집사람에게도 미안하고…."

이렇게 다쳐 누워 있으면서도 주님의 뜻이 있을 거라며 이기고 있다는 김반석 전도사님의 이야기를 들으며 돈을 사모님의 손에 꼭 쥐어 주고 돌아서는데 주님께서 가장 환한 미소로 웃고 계시는 것 같았다.

원주 기독병원의 사회봉사팀에 가서 이랜드복지재단에 치료비 신청을 부탁하고 강릉으로 돌아왔다. 며칠 뒤 이랜드복지재단에서 500만 원까지 치료비를 지원해 주겠다는 연락을 받았다. 지윤 자매에게 백만 원을 어떻게 사용했는지 전화를 하는데 우리 큰딸하고 통화하는 것처럼 너무 기분이 좋고 행복했다.

"지윤아, 그냥 내 딸 하자. 우리 집 큰딸. 동생들의 언니와 누나가 되어 줄래?"

"네… 네, 좋아요! 저 너무 좋아요. 너무 감사해요!"

"고맙다. 멋지게 성장해서 엄마 품 안으로 들어와 줘서…. 우리 큰딸!"

"아니에요. 저를 받아주셔서 너무 감사해요, 엄마. 헤헤헤헤헤."

우리는 전화기 너머로 웃으면서 통화하지만 서로 울고 있는 걸 알 수 있었다. 하나님께서 우리와 함께하시기 때문에 보이지 않는 것도 볼 수 있었다.

백만 원으로 인해 딸이 된 지윤이는 매주 강릉으로 왔다. 어린

우주에서 가장 어여쁜 네 딸들

이집 교사인 지윤이는 금요일 저녁이나 토요일 아침 일찍 와서 동생들의 언니 누나가 되어 주었다. 함께 가족사진을 찍고 설날 아침에 떡국을 먹고 난 뒤 새해 복 많이 받으라는 세배를 하는 아이들 안에 우리 딸 지윤이가 있다.

하나님을 사랑한다면 우리 주변에 있는 이웃을 사랑하라는 말씀에 순종하였더니, 하나님은 지윤이와 나를 엄마와 딸이라는 가족으로 연합하게 하셨다.

"주님, 감사해유. 주님의 작품인 귀한 열한 명의 아이들과 더욱 이웃을 사랑하며 물질에 매이지 않고 오직 돈을 주님의 일을 하기 위한 도구로 바라보며 살아갈게요."

우리 가족은 혈연으로 맺어진 게 아닌 오직 주님의 보혈로 가족이 되었다. 주님은 부족하기 그지없는 날 자녀 삼아 주셨고, 주님을 아버지라고 부를 수 있는 놀라운 특권을 허락해 주셨다. 그게 입양이라는 걸 알기에 주님께서 내게 주신 은혜를 조금이나마 보답하고 싶은 마음에 입양을 시작했다. 그렇게 해서 이제는 대한민국에서 가장 많은 아이들을 입양한 가정이 되었다. 오직 주님으로 인해….

전 세계의 엄마가 되고 싶어요

하은이는 자신이 선교사가 되는 게 사명이라고 생각한다. 그리고 선교사가 되기 위해 티모라는 선교단체에서 선교 훈련도 받았다. 두꺼운 신앙 도서를 읽으며 영어로 번역해 독후감을 쓰기도 하고 왜 선교사가 되고 싶은지를 구체적으로 쓰기도 했다.

"하은아, 하은이의 꿈이 바뀌지 않은 거야?"

"응, 엄마. 솔직히 캄보디아 갔을 때 힘들었어. 언어도 안 통하는 데다 물도 안 나오지 전기도 없지 인터넷은 당연히 안 되지. 그런데 오히려 모든 걸 갖춘 여기보다 없는 게 더 많은 캄보디아 생활이 더 감사했어. 난 아무래도 태어날 때부터 선교사였나 봐."

"하은아, 어린 시절 선교사를 꿈꿨다고 다 선교사가 되는 건 아니야. 그렇지만 하은이가 꼭 그 길을 걷고 싶다면 엄마가 기도로 우리 딸 응원할게."

"응, 엄마. 엄마는 기도만 해줘. 엄마의 이쁜 큰딸이 하나님의 선교사가 되게 해달라고. 엄마, 내가 초등학교 5학년 때 한 말 기억나?"

"무슨 말…?"

"내가 엄마한테 그랬잖아. 내가 입양된 거 알고 힘들어하다가 새벽예배 드리면서 주님을 만나고 난 뒤 엄마한테 한 말인데…?"

"아하! 엄마는 한국의 엄마가 되고 너는 전 세계의 엄마가 되겠다고 한 말?"

"엄마, 난 그 약속을 꼭 지킬 거야."

"그래, 우리 하은이라면 할 수 있어. 그럼. 하은이라면….'

하은이는 자신이 한 말을 잊지도 않고 지키겠다고 했다. 정작 엄마인 나는 그 말을 잊고 살았는데 말이다. 죄책감에 고개를 들 수가 없었다.

'하나님….'

열 명의 아이들의 엄마로 사는 것도 하루 종일 종종거리는데, 이 땅의 소외된 곳을 찾아 그들의 엄마로 어떻게 살아간단 말인가. 하은이는 무슨 생각으로 내게 그런 말을 한 건지….

하나님은 우리를 너무나 사랑하셔서 당신의 형상대로 지으신 우리 가정들로 아기 예수님을 보내셨다. 그리고 인간의 무리 속에서 성장하게 하셨다. 예수님은 인간인 우리에게 엄마 아빠라 부르며 성장하셨다. 그렇다면 예수님은 우리 인간에게 입양되신 것이었다.

예수님은 장성하여 공생애를 사시면서 '누군든지 내 이름을 부르기만 하면 형제자매가 된다'고 하셨다. 예수님이 정의한 가족이란 그런 거였다.

하나님의 뜻을 따라 살고자 하는 자들은, 내 몸으로 낳은 자식만 자식으로 품지 않는다. 마리아와 요셉이 아기 예수를 품고 키운 것처럼 육신과 상관없는 자녀를 품고 자라게 해야 한다. 따라서 '나를 사랑한 것같이 이웃을 사랑하라'는 말씀은 그런 의미인 것이다. 내 집에 들어와 함께 사는 내 아이들만 내 자식이 아니라 세상에 버려진 고아들도 내 자녀인 것이다.

하은이가 초등학교 5학년 때 벌써 안 사실을 나는 열 명의 아이를 품고 난 지금에야 겨우 깨닫게 되었다.

나도 이제는 하은이와 한 약속을 지키는 엄마가 될 것 같아 요즘 마냥 행복하다.

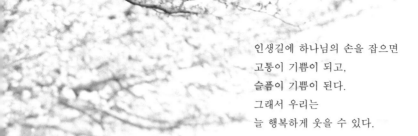

인생길에 하나님의 손을 잡으면
고통이 기쁨이 되고,
슬픔이 기쁨이 된다.
그래서 우리는
늘 행복하게 웃을 수 있다.

다시, 인생의 새로운 길을 떠나며…

온누리교회 이재훈 목사님을 통해《사랑은 여전히 사랑이어서》
를 좀 더 보완해서 책으로 내자는 제의를 받았을 때 사실 염려하는
마음이 있었다. 베스트셀러도 아닌데 괜히 폐가 되는 게 아닐까 해
서였다. 하지만 목사님이 저렇게 말씀하시는 데는 다 이유가 있겠
지 생각하며 감사한 마음으로 순종했다.

이후 지금은 절판되어 구할 수도 없는《사랑은 여전히 사랑이어
서》(좋은생각 간)를 다시 읽어 보자니 지난 시절이 주마등처럼 흘러갔
다. 이 책을 내던 당시만 해도 우리 아이들은 여섯 명이었다. 더 이
상 입양하지 않겠다는 의미로 가족사진까지 찍어 벽에 걸어 두기까
지 했는데, 지금은 열 명의 아이들과 복작거리며 살고 있다. 그런데
아이들이 늘어날수록 내가 얼마나 하나님의 사랑을 받는 자녀인지
를 더 절실히 깨닫게 된다. 그리고 20년 전, 10년 전의 순간들이 있
었기에 지금의 우리 가족이 있다는 걸 다시금 마음에 새긴다.

"너는 네 떡을 물 위에 던져라"(전 11:1)는 말씀에 순종하려고 세상

이 주는 안락함을 뿌리치려 애썼다. "주 너의 하나님을 사랑하라…네 이웃을 네 자신같이 사랑하라"(마 22:37-39)는 말씀에 순종하려고 죽어 가는 이에게 신장을 내어 주고 우리가 살고 있는 집을 동네 아이들에게 내어 주었다.

하지만 과거에 내가 어떻게 살아왔는지는 중요한 게 아니다. 중요한 건 지금 내가 살아가는 모습이다. 과거에 주님의 말씀을 얼마나 순종했는지가 중요한 게 아니라 지금 주님의 말씀을 순종하고 있느냐가 중요하다. 그래서 내 귀는 항상 열려 있어야 한다. 주님의 말씀을 들어야 하므로. 행여 안락함에 빠져 주님의 음성을 듣지 못하는 어리석음을 범할까 두려워하며.

지금까지 쉼 없이 길을 걸었다. 때로 그 길은 환희였다. 하나님을 만난 환희, 남편과 아이들을 만난 환희, 사랑스런 이웃들을 만난 환희…. 그러나 동시에 그 길은 고난이었다. 그 길을 걷는 동안 하나님이 보이지 않아서, 남편과 아이들이 짐처럼 여겨져서, 이웃의 싸늘

한 시선 때문에 불면의 밤을 보내기도 했다. 수많은 어둠의 그림자들이 우리를 힘들게도 했다.

하지만 어떤 인생이 그렇지 않으랴. 어둠 속에 갇힐 때가 있는가 하면 환희의 기쁨으로 몸을 떨 때도 있다. 그런데 그 인생길에 하나님의 손을 잡으면 고통이 기쁨이 되고, 슬픔이 기쁨이 된다. 도무지 응답하지 않는다고, 보이지 않는다고 불평할 때조차 하나님은 내 곁에, 우리 가족 곁에 계셨다. 그래서 우리는 늘 행복하게 웃을 수 있었다.

하나님께 선물받은 우리 가족의 행복한 웃음이, 누군가에겐 생명으로 다가가길 소망한다. 그렇기에 하은이 말처럼 사람들이 얼마나 읽겠어, 하는 생각을 뒤로하고 다시 용기 내어 이 책을 펴낸다.

나는 정말 바보가 되고 싶다. '그리스도를 위한 바보' 말이다. 주님이 허락하신 길이라면 바보가 되어 열 명의 우리 아이들과 함께 순종하며 나아갈 것이다.

오직 주님께만 모든 영광을 돌린다.

2016년 강릉에서
윤정희

286